少年读三国

关羽

倪三好　编著

全国百佳图书出版单位
吉林出版集团股份有限公司

图书在版编目（CIP）数据

少年读三国. 关羽 / 倪三好编著. -- 长春 : 吉林
出版集团股份有限公司, 2019.4（2023.4重印）
ISBN 978-7-5581-6402-6

Ⅰ.①少… Ⅱ.①倪… Ⅲ.①历史故事－作品集－中
国－当代 Ⅳ.①I247.81

中国版本图书馆CIP数据核字(2018)第299798号

SHAONIAN DU SANGUO　GUANYU

少年读三国·关羽

编　　著：倪三好
责任编辑：朱　玲
技术编辑：王会莲
封面设计：汉字风
开　　本：710mm×1000mm　　1/16
字　　数：120千字
印　　张：10.5
版　　次：2019年4月第1版
印　　次：2023年4月第2次印刷

出　　版：吉林出版集团股份有限公司
发　　行：吉林出版集团外语教育有限公司
地　　址：长春市福祉大路与生态大街交汇龙腾国际大厦B座7层
电　　话：总编办：0431-81629929
　　　　　发行部：0431-81629927　0431-81629921（Fax）
网　　址：www.360hours.com
印　　刷：三河市同力彩印有限公司

ISBN 978-7-5581-6402-6　　　　定　价：39.80元

少必读《三国》

少不读《水浒》——血气方刚，戒之在斗。

老不读《三国》——饱经世故，老奸巨猾。

喔，那么少年时期该读什么？

少必读《三国》！

少必读《三国》，能获得深沉的历史感。透过历史，我们可以窥见王朝的兴衰更迭，征讨血战；可以知晓历史事件的波诡云谲，风云际会；可以仰慕历史人物的音容笑貌、风采神韵。历史，让我们和古人"握手"，给我们变幻莫测的人生以种种启迪。在历史的长河里，我们能判断现在的位置，明白我们发展的方向。有历史感的人，在行事上常常会胜人一筹，因为古人已为他们提供了足够的经验。

少必读《三国》，能学习古人的处世方式。现在，我们正值青春年少，活动的范围早已不仅仅局限在家庭和学校中，一个更广阔的社会出现在我们面前。从此，在社会中，我们将独立面对形形色色的人和事。从《三国》中，我们可以习得古人的处世之术。例如刘备，论文韬武略皆不如曹操、孙权，但他却善于知人、察人、用人，他对关、张用桃园结义之法，对孔明则三顾茅庐，对投奔他的赵云和归顺的黄忠大加重用……也正是"五虎上将"的拥戴，才使他称雄一方成了可能。试想，他若摆出主公的骄横霸道，还会受到部下的衷心拥护吗？

少必读《三国》，可以研习古人的谋略。"凡事谋在先"，在《三国》中，大到对天下大事的分析，小到对一场战事的周密安排，无不反映出一千八百多年前古人的智慧。在赤壁之战中，没有周瑜的频施妙计，就不会有火烧曹军的辉煌战果；诸葛亮指挥的战役常能"决胜千里之外"，实际上也是他"运筹帷幄之中"的结果。《三国》中的谋略博大精深，我们可以从中获得智力启迪。善于运用这些谋略，对不同的人和事采取不同的方法，我们一定能化解许多人生困境。

少必读《三国》，最重要的是能培养精神气质。在这些气质中，有经国济世的豪情，有临危不乱的镇定，有安贫乐道的操守，当然还有风流倜傥的潇洒。想想孙权，他刚掌权时只有十八岁，面对父兄创下的基业，他善用旧臣，巩固了政权；面对曹兵压境的危势，他果敢决策，击退了强敌。再联想现在的我们，是不是常有些心智稚弱、做事莽撞，缺乏从容的气度呢？阅读《三国》，可以让我们成为光明磊落的君子，而不是心怀叵测的小人。一部三国征战史也就是一部人才的斗智史，在《三国》中，有各种各样的人，有的貌似强大却"羊质而虎皮"，有的貌不惊人却有济世之才，有的内含机谋却不动声色，有的胸无点墨却自作聪明……对照他们，反观自己，可以判断自己有哪些特质，可以知道怎样来充实自己……

所以，我们在少年时期一定要读一读《三国》。但是，应当怎样读呢？《三国》虽然在当时被认为"言不甚深，语不甚俗"，但我们现在来读已经颇为吃力了。再加上《三国》中人物众多，关系复杂，我们常会看得一头雾水。遍寻大小书店，各种版本的《三国》虽然不计其数，但真正适合少年阅读的《三国》却难以觅得了。因此，这套《少年读三国》就是专门写给青春年少的你，我们希望你能从中获得新鲜的阅读经验。

在《少年读三国》中，我们以新的编辑角度切入。《三国演义》中的人物成百上千，这套书仅选取了刘备、关羽、张飞、诸葛亮、曹操、司马懿、孙权、周瑜八人，不仅是因为这八人在历史中"戏份"较多，而且还在于他们性格迥异，形象丰满。我们企望以人物为主线来勾勒三国的历史全貌，让读者对人物的丰功伟业也能有更全面的了解。在编辑时，我们注重设置"历史场景"，回溯时光，把人物重新推回历史舞台之中，推到事件的紧要关头前，来看看他们是怎样周详安排、从容调度、化解危机的。或许你玩过"角色扮演"的电玩游戏，那么我们希望你在阅读这套书时，把自己想象成书中的主人公，想想自己在彼时彼景中，会怎样处理这一切事情。亦读亦思，从更深的层次来体验古人的精神生命，是我们编辑的用心。

在编排人物故事时，我们力避重复。但是，一个重大的历史事件常常会同时涉及这八个人物，为了交代事件的前因后果，不得已会重复某些片段。从另一个方面讲，分别以不同人物的眼光来看待同一个历史事件，是非功过皆在其中，也是别有一番趣味的。

在人物故事内容上，我们以《三国演义》为蓝本，还采信了《三国志》中的诸种说法，在文学与历史间做了微妙的平衡，既使人物故事起伏跌宕，又力求历史事件完整真实。

少必读《三国》，在《少年读三国》里，我们将有一次愉悦的纸上"电玩游戏"，一次深沉的历史"时光之旅"……

人物简介——关羽

　　三国人物中，最深入普通民众心中的要算关羽了。只要看看处处皆是的关帝庙，就能明白他在老百姓中的地位有多高。在中国历史上，像关羽这样的威猛之将数不胜数，但像关羽这样成为万人顶礼膜拜的神灵，与孔子并称为"文武二圣"的，恐怕也就他一人而已。可见，关羽受人景仰并非只在其神勇，还在于他的道德人格远远高出其他人。

　　关羽的道德人格可用"忠义"来概括。他的忠义，既有民间侠士的江湖义气，又有忠于君国的风范。许田射猎，曹操欺君罔上，他怒不可遏，拍马舞刀要杀曹贼，这是君国之义；"公约三事"后降曹、"秉烛待旦"、"挂印封金"、"千里走单骑"、"过五关斩六将"、"斩蔡阳"，这是兄弟之义；这种千金不易、坚如磐石的忠诚在战乱年代的确难得。

　　由于忠义信念支撑，关羽身上总有一种不惧一切的浩然之气。两军对垒，他英武神勇，战吕布、斩华雄、刺颜良、诛文丑、擒庞德、降于禁，勇猛直前；刮骨疗毒，他神色自若，谈笑下棋；单刀赴会，他巧用智谋，安然脱险。在被孙权所俘时，宁死不屈，坦然就义，实现了"玉可碎而不可改其白，竹可焚而不可毁其节"的人生理想。他的英武甚至让东吴名将周瑜、鲁肃也望之胆寒。但关羽并非只有匹夫之勇，他还是熟读兵书、精通《春秋》大义的儒将呢！水淹七军获胜、挟持鲁肃脱险，件件反映出他智慧的一面。

但是，在《三国演义》中，关羽也并非完人。他刚愎自用的缺点同他刚毅顽强的优点是并存的。他不愿同黄忠同列为五虎上将，又看不起孙权、瞧不起陆逊，因而大意失荆州。他义气深重，华容道上放走了惶惶垂泪的曹操，这固然是知恩图报，成就他的千秋义名，但却把个人恩义凌驾于国家利益之上，误了统一天下的大事。

在关羽由人变为神的历史过程中，关羽的缺点被避而不谈，或者被转化成优点来褒扬。而在这本书中，我们能见识到一个完整真实的关羽。

主要人物表

关羽

字云长，蜀汉名将，武艺高强，义薄云天，为后世所景仰。

? ~ 220
出生地：河东郡解县
职　位：别部司马→襄阳太守→前将军
所　属：蜀

刘备

字玄德，蜀国君王，人称刘皇叔。少有大志，长而有为，最终建立蜀国，后因伐吴失败，死于白帝城。

161 ~ 223
出生地：涿郡涿县
职　位：平原令→豫州牧→益州牧→汉中王
所　属：蜀

诸葛亮

字孔明，蜀国丞相。他深怀韬略，神机妙算，辅佐蜀国两代君王，欲振兴汉室，却中途星陨。

181 ~ 234
出生地：琅玡郡阳都县
职　位：军师中郎将→丞相→武乡侯
所　属：蜀

张飞

字翼德（正史中记载他的字为益德），刘备的义弟，蜀汉名将，骁勇善战，为人鲁直。

? ~ 221
出生地：涿郡
职 位：征虏将军→巴西太守→右将军→车骑将军
所 属：蜀

袁绍

字本初，出身：四世三公的官僚世家。汉末军阀，处世"羊质虎皮"，在官渡之战被曹操大败。

? ~ 202
出生地：汝南郡汝阳县
职 位：中军校尉→司隶校尉→大将军
所 属：汉

颜良

袁绍手下大将，与曹军交战时，斩宋宪、劈魏续、败徐晃，曹军无人能匹敌。后因大意轻敌，被关羽所杀。

? ~ 200
出生地：？
职 位：大将军
所 属：袁绍

华雄

董卓手下大将，被关羽所杀。

? ~ 190
出生地：？
职 位：都督
所 属：董卓

文丑

袁绍手下大将，与曹军交战，为报颜良被杀之仇而与曹军交战，后因失手被关羽所杀。

? ~ 200
出生地：？
职 位：大将军
所 属：袁绍

华佗

字元化，人称"神医"，曾为关羽刮骨疗伤，后被曹操所杀。

? ~ 208
出生地：沛国谯县
职 业：医师
所 属：魏

目 录

行侠仗义，为国为民

. . . .

东汉中平元年（公元184年）的春天，涿州（今河北涿州）城外的古道上，一个大汉手推一辆木车，正往涿郡赶去。这大汉身材魁伟，步伐矫健；长的是丹凤眼，卧蚕眉，目若朗星，面如重枣，胸前一绺长须，在风中微微飘动。那大汉虽然满身尘土，一脸风霜之色，但依然掩盖不住他那勃勃的英气和飞扬的神采。他，就是后来名震天下的关羽关云长。

关羽走了一阵，在路边停下车子。他看着这遍地春色，心中不由得一动，凝目往西南方望去，只见远处山峦起伏，绵延不断。翻过那片山峦，再往西，再往西，在那奔腾咆哮的黄河东岸，就是他的家乡——河东解县。一想到家乡，关羽的心就忍不住一阵酸痛，热泪顿时涌满两只凤眼。六年前的件件往事，又浮现在他的眼前，依然是那么真切、那么清晰……

那也是一个春日的艳阳天，天空是那么蓝，太阳是那么暖，

草是那么绿，河水是那么清，他和一个姑娘双双站立在河边。姑娘的头发黑黑的，像乌云；姑娘的脸红红的，像烂漫的山花；姑娘的眼亮亮的，像清泉；姑娘的心是纯真的，像金子。姑娘的话语是温柔的，表达的心意却是坚决的："长生哥，我愿意以身相许，终身相随。"听了姑娘的话，关羽心头一阵热浪打来，两行热泪滑下了这个刚强汉子的脸颊……

一个春天的夜晚。夜已经很深了，人们早已进入梦乡。突然，一声凄厉的喊声惊醒了关羽："长生哥！长生哥——"关羽冲出屋门，直奔喊声而去。可是，等他到了姑娘家的时候，只有一片寂静，残灯照着屋里，一片凄惨景象。姑娘的父母双双倒在血泊中，而姑娘已不知去向。关羽怒火满腔，抓起屋角的扁担，像飞一样往村外赶去。追了不到五里路，他终于看到了前面的人影。他大喝一声，抡起扁担就冲了过去，对准骑在马上那个无恶不作的恶霸狠狠地扫了过去，只听一声惊叫，那恶霸掉下马来，像一条死狗一样，一动不动了。

天，快亮了。关羽和姑娘又来到河边。分别的时候终于来到了。姑娘的泪早已流干，她拉着关羽的手，哽咽着说："长生哥，你快走吧，别惦记我。我只盼你能凭一身好本事，干一番大事，为我的父母报仇，我死也心甘了！"

关羽告别了姑娘，告别了家乡。这一走就是六年！这六年中，他打过长工，打过短工；街头卖过艺，乡里种过田；他受到过欺压和嘲笑，也得到过帮助和关心。他恩怨分明，知恩必报，知辱必抗。他历经磨难，饱经风霜，变得更加坚毅、深沉；内心如岩浆一般炽热，外表却如岩石一般冷峻。两千多个日日夜夜，早已铸就了他那钢铁一般的性格、无坚不摧的意志、坚韧不拔的毅力、出神入化的武功！只是，那等待已久的时机迟迟不来！家乡的音信早已断绝，他难以回乡，也羞于回乡！难道就这样回到故乡？难道就这样让他心爱的姑娘失望？难道就这样让姑娘的血海深仇冤沉海底？难道就永远没有一个机会让他拼搏一次？

想到这，关羽忍不住仰天长叹："苍天啊！你待我是多么薄情啊！我关羽一腔热血，一身武功，满腹韬略（用兵的计谋），难道就这样默默无闻地过一生吗？"

忽然，一阵脚步声把关羽从回忆中惊醒。只见一群年轻人身背干粮，急匆匆从身后走过。关羽不知这群年轻人去干什么，上前一问，才知道州郡招募义军，他们都是应招参军去的。关羽问罢，稍一沉思："苍天可怜我，降下这么好的一个机会！我这样躲躲藏藏、默默无闻一生又有什么意思？男子汉大丈夫，应该建功立业、为国效力，才不枉活在这个世界上！"

关羽匆忙赶路，不久来到了他经常歇脚喝酒的那家小酒店。他放下车子，走进店堂，只见里面已坐了不少人。关羽一边用毛巾擦汗，一边大声说道："店小二！快拿酒来！我急着进城应征，恐怕已经迟了。快喝了好赶路！"店小二还未答应，早惊动了在另一张桌上喝酒的两个人。其中一个姓刘名备，字玄德，平生喜欢结交天下豪杰，胸怀报国大志；另一个姓张名飞，字翼德，是屠猪卖肉出身，生性豪爽，脾气刚烈。两人也因为看了招军文榜，志气相投才来一处喝酒的。刘备见关羽身材魁伟，相貌堂堂，举手投足，气度不凡，又急着入城应征，定是个胸怀大志的人。于是站起身，热情相邀："壮士，请来与我们同饮好吗？"

关羽本是个爽快的人，见一个温文儒雅的人请自己喝酒，也不推辞，就走过去施礼，道了一声"打搅"，便坐了下来，端起酒碗，再说声："请！"接着一仰脖子，一大碗酒就下了肚。然后关羽作了自我介绍，便问刘备、张飞姓名，二人也一一作答。三人于是一边喝酒，一边谈着天下大事，都觉得十分畅快、投机，大有相见恨晚之感。张飞心直口快，道出了刘备、关羽二人想说而没说出的话：“咱们三人结为兄弟不好吗？”刘、关二人自是高兴，于是一同来到张飞的庄园。

张家是世代居住在涿郡的老家族，家中颇有些资产田庄。庄园就在酒店附近。庄园后面有一大片桃林，每当春天来临，枝叶茂密，桃花盛开，一片姹紫嫣红，煞是美丽，所以人们都称之为桃园。第二天，张飞在园中设置香案，准备了金银纸钱，杀了头黑牛，宰了匹白马，显得十分严肃而隆重。然后，请刘备、关羽来到桃园，祭拜天地，结为生死之交。三人就着香案上的蜡烛点着香烛，一同跪拜在香案前，两手抱香连磕三个响头。然后起誓：“刘备、关羽、张飞虽不同姓，但愿结为兄弟。从此同心协力，救困扶危，上报国家，下安百姓，不求同年同月同日生，只愿同年同月同日死。苍天大地，可作见证。有谁忘恩负义，背弃誓言，则天地不饶，人人得而诛之！”发完誓，又磕三个响头。三人之中，刘备年龄最大，其次是关羽，张飞最小。拜完天地拜兄长，于是关羽、张飞跪倒在刘备面前，恭恭敬敬地磕了一头，刘备连忙扶起二人。三人心潮起伏，激动不已。

接下来，兄弟三人各自依自己的爱好制作铠甲，锻造兵器。刘备是一对宝剑，张飞是一丈多长的钢矛，关羽则是一把大刀。这大刀和一般的刀不一样，刀背上铸了一条青龙，刀刃的中间凹进去一块，像藏着一抹月牙，所以称作“青龙偃月刀”，又叫“冷艳锯”。意思是说，看起来漂亮，但这是冷冰冰要人性命的。关羽手持青龙偃月刀，稍一挥动，顿时冷气飕飕，杀气逼人，舞到后来，只见刀光闪闪，一团杀气，刀光和杀气随人影滚动，竟把关羽裹在其中，真是风雨不透，羽箭难入！关羽收刀住手，不由得手抚大刀，纵声长笑：“宝刀啊宝刀，但愿你渴饮仇人血，斩尽敌将头！我关羽杀贼报仇，建功立业，就全靠你啦！”

马到成功，名震十八路诸侯
· · · ·

　　关羽与刘备、张飞结为兄弟后，结束了他的流亡生活，开始在疆场上奔腾厮杀，一展平生所学武艺，既是为了效忠兄长，也是为了报效国家。这时的朝廷却是混乱不堪，越来越不像话了。十常侍的骚乱刚刚结束，又引来个凶残无比的董卓，真是前门驱虎，后门进狼。

　　却说那董卓，靠着善于钻营巴结、贿赂权贵而当上西凉（凉州，今甘肃张家川回族自治县）刺史，统领二十万大军。趁着朝廷混乱，董卓率兵进了京城，从此在朝中作威作福。时隔不久，董卓用"赤兔"名马收降了骁勇（xiāo yǒng，勇猛）无比却是见利忘义的吕布做义子，又逼走了中军校尉袁绍，就更是为所欲为了。他废了少帝刘辩的皇位，然后借故把刘辩母子毒死，改立了九岁的陈留王刘协做了傀儡皇帝（汉献帝）。董卓自封为丞相，不仅朝中百官都得听他的，就连皇帝也受他摆布。他掌握着生杀大权，稍不如意，就杀人示威。更出格的是，他竟敢夜入宫中，玩弄宫中嫔妃，晚上就睡在皇帝的龙床上，真是无恶不作、可耻至极，弄得天怒人怨，人人都恨不得擒而诛之，食其肉，寝其皮，才解心头之愤。可是百官大臣又无计可施，聚在一起只是伤心落泪，如此而已。

在百官之中，有一个骁骑校尉姓曹名操，表字孟德，却是个有心计、善机谋、敢说敢为的人。他见朝中百官面对残暴而一筹莫展，于是自告奋勇，要去刺杀董卓。结果事不遂心，行刺未成，败露后仓促出逃。几经周折，曹操回到了故乡。于是他竖起"忠义"大旗，以匡扶汉室、讨伐董卓之名，一面向各地发出讨贼的号召书，一面开始招兵买马，广集天下豪杰，一时应者云集，组成了一支颇为壮观的队伍。不久，各地诸侯纷纷响应，发兵来会曹操，一共十八路兵马，好几十万人，安营扎寨，连绵二百余里。

各路诸侯都同意曹操的提议，推举渤海（今河北南皮县东北）太守袁绍做盟主。于是袁绍以盟主身份，带领大家歃血（shà xuè，古代举行盟会时饮牲畜的血或嘴唇涂上牲畜的血，表示诚意）立誓，同赴国难，共讨国贼。

然后，袁绍升帐议事，发号施令：任自己的弟弟袁术为粮草总管，任长沙太守孙坚为先锋。孙坚便率手下人马，直向汜水关杀来。

董卓得知，吃惊不小，忙聚众将商议。吕布挺身而出，说："父亲不用担忧。那些诸侯兵马在我眼里不过是草芥一般，待我出兵，把他们的头砍来！"董卓听了，十分得意，说道："我有布儿，可以高枕无忧了！"话音刚落，大将华雄从吕布身后一步跨出，高声叫道："杀鸡何必用牛刀？不须有劳吕将军大驾。不是我吹牛，斩兵杀将对于我来说，就如同伸手从口袋里取东西一样容易！"董卓听他这一说，更是得意非常，立即加封华雄为骁骑校尉，拨五万兵马归其指挥，再配以李肃、胡轸、赵岑三员副将，命他们连夜动身，支援汜水关。

原来华雄是董卓手下第一号猛将，关西人，长得人高马大，虎背熊腰，豹头猿臂，健壮而矫捷，尤其生就一副紫红面庞，平日就有三分威严和杀气，他当日在董卓面前夸下海口，倒不是吹牛，确实是有一身好武艺。华雄带着五万人马，连夜来到汜水关，想到自己就要斩敌建功，加官晋爵，兴奋得一夜都睡不着。第二天一早，就听关下喊声阵阵，知道是诸侯兵马前来挑战。华雄大怒，飞身而起，三下两下，披挂停当，只带着五百名骑兵冲下关来，嘴里大声喝道："贼将别跑，待我来收拾你！"马随声到，手起刀落，转眼之间便把站在最前面的一员大将斩于马下，然后趁势冲杀，又活捉了不少敌方将士。华雄初战告捷，得意非常，即派人向董卓报功请赏。董卓大喜，遂又加封华雄为都督。

却说死于华雄刀下的将领，并不是孙坚所率部下，而是济北相鲍信的弟弟鲍忠。鲍信生怕孙坚做前锋抢了头功，所以悄悄派他的弟弟带着几千人马，抄小路赶到孙坚前面来到汜水关挑战。结果功劳没捞到，却白白丢了性命。

第二天，孙坚的部队才到汜水关。他率领程普、黄盖、韩当和祖茂四员大将直逼关下，大骂挑战。华雄副将胡轸自命不凡，带了三千人马，下关迎战，却被程普一矛刺中咽喉，顿时死于马下。孙坚弯刀一挥，带着大军乘势杀将过去，一直杀到城门之下。华雄忙令兵士放箭，才止住了孙坚的攻势。

华雄输了一阵，心中有些不快。副将李肃见状，献计道："孙坚今日胜了一阵，必无防备，今夜可以去劫寨。我带一支人马绕到孙坚寨后，将军领大队人马从正面进攻。我俩前后夹击，必能活捉孙坚。"华雄听了，连称妙计。于是二人依计分头行动。

这天夜里，华雄偷袭果然得手，把孙坚的兵马冲杀得七零八落，溃不成军。几员大将也惊慌失措，只顾自己逃命去了。孙坚慌忙出帐，正好遇上华雄。惊慌之中的孙坚，不是华雄的对手，还没交上几个回合，就狼狈而逃。华雄岂肯放过，就在后面紧紧追赶，孙坚吓得只好绕着树林躲避。正在这危急之时，大将祖茂赶了过来。他冒死挡住华雄，孙坚才得以脱身。华雄见跑了孙坚，怒气冲天，大刀一挥，干脆利落地把祖茂给斩下马来。

这天，袁绍正准备开帐商议下一步的进军计划，忽然接到孙坚失利的报告，不禁大惊失色。待了半天，才怔怔地说："没想到孙坚竟败在华雄手里！"怎么办呢？袁绍可拿不出什么好主意，只好赶忙请各路诸侯前来商量。

不一会儿，各路诸侯都先后来到。袁绍请他们分两边依次坐下，然后说道："前两天，鲍信将军的弟弟鲍忠擅自进兵，丢了性命，损伤了不少兵士；今天，孙坚又吃了败仗，挫了我军的锐气。这仗下一步该怎么打，还请各位发表高见！"各路诸侯听了，也都吃了一惊，于是各自在心里打着自己的小算盘，一个个沉默不语。袁绍无奈，便抬眼从各路诸侯脸上一一看过去，想从中找出一两个能发表意见的人。可诸侯们个个低垂着头，有意回避着袁绍的目光。忽然，袁绍的眼光在北平太守公孙瓒（zàn）那里停住了。他发现公孙瓒背后站着三个人，个个仪表不俗，而且都发出阵阵冷笑，笑得袁绍浑身不自在，便问："公孙太守背后站的是什么人啊？"

公孙瓒便将身后一人叫到前面来，对袁绍也对大家介绍道："这人是我自幼一同长大的兄弟，现任平原县令，姓刘名备，字玄德，算起来是规规矩矩的皇室宗亲。"袁绍见刘备是皇室后裔，便敬他三分，就喊左右拿了个凳子，让刘备在排末坐了下来。其余二人，一个是关羽，一个是张飞。二人见哥哥有了座位，便去刘备身后站下。

这时，一士卒匆匆进帐报告："启禀盟主，华雄率兵已杀到寨前。他们用竹竿挑着孙太守的红头巾，正百般辱骂、挑战不休呢！"袁绍见报，心里又是一惊，总不能闲着这么多人马任华雄猖狂呀。他眼珠一转，计上心来，请将不如激将，就说："华雄欺我等太甚，实是可恶。难道就没有人敢去应战吗？"

此时站在刘备身后的关羽，心里不觉开始寻思起来。说真的，自与刘备、张飞随公孙太守来会诸侯讨董贼，还没打过一仗呢。今到帐上，见各路诸侯大敌当前，不思进取，彼此观望，各揣着一个闷葫芦，憋得人实在难受。听袁绍这么一说，关羽恨不得立刻冲出帐去，与华雄较个高低。可转念一想，放着这么多的诸侯，放着这么多的将军，自己还是先等等再说吧，且看看这些道貌岸然（形容神态庄严，现多含讥讽意）、自命不凡的家伙有什么能耐。

还没等关羽想完，就见一人应声而出，大声叫道："小将愿意去迎战华雄！"袁绍一看，原来是袁术手下的骁勇战将俞涉，脸上顿时露出了得意的光彩，即命俞涉出寨迎敌，满以为俞涉出马必能得胜而回，给袁家争个面子。只听寨外一阵鼓鸣，一阵呐喊，然后是几番马蹄，几番刀枪，接着是一片喧闹，嘘声四起。袁绍心里暗暗高兴，只见哨卒急急跑进帐来："报告盟主，大事不好。俞将军出马，交战还不到一个回合，就被华雄一刀砍了。现在，华雄仍在帐外挑战。"

袁绍听了，刚才那一丝得意，立刻变成了恐惧和羞惭。众诸侯也没想到华雄竟如此骁勇善战，不免都大吃一惊。待了一会儿，冀州刺史韩馥不紧不慢地开口说话了，显得很有把握："我有一员上将叫潘凤，使一把大板斧，武艺出众，不愁斩不了华雄。"袁绍说："韩刺史既有虎将，那就快叫他出阵吧！"潘凤得令进帐，领命上马，提着大板斧冲出寨去。只听又是一阵鼓一阵喊，接着是马蹄声跑来跑去，刀斧碰撞，最后又是一片喧叫，嘘声再起。不一会儿，慌忙的哨卒气喘吁吁又报进帐来："盟主，潘将军战了……十……几个回合，又被华雄斩了！"众诸侯大惊失色，一个个吓得不敢出声，半天也没人敢出来应战，急得袁绍直拍大腿，连声叹息："唉，可惜我手下的大将颜良、文丑外出未回。若有一人在此，怎么能容华雄逞强施威！唉，你们这么多诸侯、这么多大将，难道就没有一个人的武艺比得上华雄吗？"

众诸侯听了，谁也不敢接话，也没有什么大将敢挺身而出。关羽一看，知道时机到了，此时不出更待何时。于是从刘备身后健步跨出，朝着帐上大声呼喊："若无将可使，鄙人愿往，去斩华雄的头来献予各位压惊！"大家颇感意外，循声望去，是一个不知名的大汉站在台阶下请战。只见他身高九尺五寸，须髯飘拂胸前，足有二尺多长，丹凤眼，卧蚕眉，面如重枣，声如洪钟，威武雄壮，气度逼人。

与众诸侯一样，袁绍也不认得关羽，于是慢条斯理、拿着架子问道："你是什么人？"公孙瓒连忙起身，代关羽答道："他是刘备的结义兄弟，姓关名羽，字云长。"袁绍又问："现任什么职务？"公孙瓒又答："不过跟在刘备身后当个骑手而已。"听到这里，袁绍便有些生气，还没发话，一旁跳出袁术，大声呵斥起来："你竟敢欺我等诸侯没有大将吗？量你一个小小的骑手，也敢在这里胡言乱语。来人，给他一阵乱棒轰将出去！"

坐在一旁的曹操一直不曾出声，见此情景，赶忙站起来劝住袁术，说："袁将军不必动怒。这个人既然敢说大话，肯定武艺不凡。不如让他出阵试试，如若不能取胜，再杀他不迟。"袁绍急忙说："不行，不行。让一个小小的骑手出战，一定会让华雄耻笑的，以后我们还有什么脸面见人？"曹操再劝，说："这人看起来仪表堂堂，胜似将军模样，华雄怎么知道他是个小小的骑手？"

关羽站在阶下，看着这班名公望侯说来道去，所看重的不过是身份地位，气就不打一处来，也更激发了他杀敌建功、扬眉吐气的力量和志气。于是，他再大大跨前一步，出语更是响亮和坚定："各位不必争了。如果我杀不了华雄，甘愿把我的头斩下谢罪！"

袁绍、袁术见这般情景，也不好再说什么。曹操忙叫人斟上一杯热酒，亲自递到关羽面前，半是鼓励、半是期待地说："壮士，请饮了这杯酒。愿壮士马到成功，为我十八路诸侯长点志气。"关羽心中一热，向曹操投去感激的目光，却并不接酒杯，说："这酒还是先搁着，待我回来再喝不迟！"说罢，一转身，大步走出营帐，提起青龙偃月刀，纵身上马，大喊一声，冲出寨去。

兵士们见大帐内又有一将杀出，精神又为之一振。他们多么盼望旗开得胜，斩了那耀武扬威的华雄，为他们出口闷气。士卒们抖擞精神，鼓足劲儿，把战鼓擂得更响，把嗓门开得更大。那声势，像山崩，如地裂，似海啸，胜雷鸣，一浪高似一浪，直冲云霄，震撼心头。关羽纵马出营后，目睹这群情沸腾的场面，耳闻这铺天盖地的声音，他激动不已，脑海里只有一个念头：誓斩华雄！必斩华雄！

一出寨门，关羽就看见百米开外的草地上，有一将坐在马上。那不就是华雄吗？关羽左手紧握缰绳，右手高高扬起青龙偃月刀，一声长啸，双腿一夹，那匹马腾开四蹄，箭一般向华雄冲去。那姿态，那架势，真是威风八面，刚劲无比。华雄连斩二将，得意非凡，趾高气扬地在场地上来回走动。一见寨内又有一将杀出，却并不放在心上。心想，又来了个送死的，且看我怎么收拾他。

关羽纵马飞奔，转眼间便来到华雄马前。他松开马缰，两手

高高扬起青龙偃月刀，朝华雄的脖子狠狠地砍了下去。这一刀，犹如雷霆万钧，泰山压顶；这一刀，犹如风驰电掣，迅捷无比；这一刀，凝聚了关羽多少心血和功夫；这一刀，承载着关羽多少义愤和志气！只见寒光一闪，传出叮当一响，锐利无比、勇力贯注的青龙偃月刀，斩断了华雄挡架的大刀，继续朝华雄的脖子扫去。华雄惊骇不已，顿时一身冷汗，哪还来得及躲闪，只觉双臂一麻、脖子一凉，那颗傲慢的人头像泡马粪，骨碌一声落在了地上。关羽顺势挑起人头，舒臂收刀，真是干净利落，潇洒自如。他拨转马头，捋须大笑，纵马奔回大寨，胜利的笑声在旷野中激起了阵阵回荡。

中军帐内，众诸侯个个心神不定，听着寨外此起彼伏的战鼓声、喊声，更是心惊肉跳，惶惶不知所措。一些人开始议论起来："一个骑手去应战，那还不是去送死！""可惜啊，可惜！"袁绍更是幸灾乐祸，说："他是自找的。谁叫他不知天高地厚。"听了这些话，刘备不动声色，仍稳稳地坐在那儿。张飞可真是气得吹须瞪眼，恨不得把这些风言风语的小人狠揍一顿。还是曹操识人才又沉得住气，劝道："各位不必惊慌，胜负还未可知呢！"

正说着，只听一阵马嘶由远而近。然后扑通一声，一颗血淋淋的人头落在了中军帐内。随后才见关羽大步跨进帐来。

关羽左手叉腰，右手捋须，镇定沉着、威风凛凛地站在那儿，直视那些高贵的诸侯们。

众诸侯既感意外，又觉惭愧，低下头，不敢看关羽。只见曹操端起酒杯："啊，酒还微微发热呢！如此神速，实在是武功盖世。可敬可佩啊！"说着，把酒杯恭恭敬敬地递到关羽面前。

关羽也不答话，接过酒杯，仰起脖子，一饮而尽。

为人稳重，深通谋略

关羽温酒斩华雄，刘、关、张虎牢关败吕布，直杀得董卓逃回洛阳，迁都长安。刘备、关羽、张飞兄弟三人虽然在讨伐董卓的战役中立下大功，但在那诸侯纷争、尔虞我诈（彼此猜疑，互相欺骗）的时期，依然难以获得一片安身之地。兄弟三人在这场混乱的旋涡里面东奔西闯，苦苦挣扎。

关羽为人稳重，深通谋略，熟读兵法，再加上武艺高强，最得大哥刘备器重。张飞呢，虽然勇猛善战，但往往行事鲁莽，勇有余而谋不足。刘备如有要事，一定要和关羽商议。如果关羽、张飞二人在一起行动，张飞倒也乐意听二哥的指挥。三人团结一心，相依为命，为了共同的事业奋力拼搏。

董卓败逃后，诸侯纷争又起，攻城夺地，战事不断。曹操因其父被害，怪罪于徐州太守陶谦，发兵攻打徐州。陶谦无奈，向刘备等人求救。曹兵退后，陶谦感激刘备恩德，多次相让，在临

终前把徐州让给刘备。刘备接管徐州不久，又因张飞醉酒，被吕布夺走徐州。刘备无奈，只好和关羽、张飞去投奔曹操。

曹操见刘备前来投奔，表面上非常高兴，十分热情，暗地里却严加控制。曹操深知刘备是当世英雄，又有关羽、张飞两员万人不敌的勇将，实在是不可小视。刘备也知道曹操的用心，因此谨慎小心，不露声色，但心里却时刻想着要如何脱离曹操的控制，发展自己的事业。刘备在曹操手下这段时间真是度日如年，忧心如焚。

建安四年（公元 199 年），袁术打算去投靠袁绍，并送上传国玉玺。刘备得知此事，就向曹操请战，要带兵去堵截袁术。此时的曹操，已经掌握了朝廷的军政大权，当然懂得袁绍、袁术弟兄二人如联合了，必定势大难敌，影响自己的霸业，便同意刘备的要求，拨朱灵、路昭两员大将和五万人马归刘备指挥，去徐州截击袁术。

刘备领了军马，惊慌上路。徐州一战，把袁绍打得大败而逃。袁术粮尽路绝，最后吐血而死。刘备得知袁术一死，便留下五万人马，让朱灵、路昭二人回去。曹操见朱、路二人空手而回，真正感到自己受了刘备的骗，才相信谋士们所说的话："放走刘备，是放虎归山，放龙入海，会后患无穷的。"曹操懊悔不迭（dié。后悔已经来不及了），气得要将朱、路二人问罪斩首。谋士荀彧（yù）连忙劝住曹操，并且为曹操献上一计，说："丞相可以写密信一封送给车胄（zhòu）将军，让他悄悄下手，出其不意，必能除掉刘备。"曹操同意了荀彧的计策。

原来车胄是曹操手下的一员心腹大将。当初曹操击败吕布、占据徐州时，便留下车胄管理徐州政务。却说车胄接到曹操的密信后，一时想不出什么好方法，于是就和陈登商量。陈登曾任徐州太守，后助曹操破吕布，又被曹操封为伏波将军，所以车胄视陈登为心腹之人。陈登也果然为其出谋划策，并乘机吹捧一番："这件事十分容易，凭将军的神机妙算，何须担心杀不了刘备？将军可在城门后埋伏一支人马，然后派人去寨中请刘备。待他进城之时，即可一刀要了他的命。我在城门上指挥士兵放箭，堵住刘备后边的将士，不愁大事不成。"车胄大喜，立即派人去请刘备入城，一边依计安排兵马。

　　陈登回到家中，便将为车胄设计刺杀刘备的一切经过说给父亲陈珪听。陈珪听后十分生气，斥骂儿子："刘玄德乃大仁大义之人，你怎么能出计害他呢？快去报告刘备，让他想办法对付车胄。"陈登是个孝子，听了父亲的话，不敢作声，心里暗暗后悔不迭，于是赶忙去通知刘备。走到半路，正遇上关羽、张飞带兵前来。陈登忙把车胄要害刘备的事告诉二人。张飞听了，火冒三丈，便要赶去拼杀。关羽却十分冷静，连忙劝住张飞，说："车胄将兵马藏在城墙后边，他们在暗处，我们在明处，这样杀进去必然对我们不利。"张飞气呼呼地说："难道就这样饶了他不成？"

　　关羽略一沉思，计上心头，说："三弟，你不要大声吆喝，倘若兄长知道了，肯定不会让你我入城去拼杀的，那可真会便宜了那个家伙。我有一计，不如我们趁天黑，扮作曹操大军，引诱车胄出城迎接，那时杀他就易如反掌了。"张飞不大相信，说："假如车胄不出城，那该咋办？"关羽不慌不忙地答道："他真不出来，到时我们再想办法。"

　　原来关羽、张飞所带的兵马，全是曹操的部队，旗号、衣甲都没更换。陈登听了关羽的安排，觉得不错，就说："你们在后面慢走，我先赶回去，免得车胄怀疑。"

　　关羽看着陈登拍马离去，就召集士兵，把计划告诉他们。关羽生怕这些曹军中有一两个不可靠的，会误了大事，于是最后威严地说："大家一定要依我的计划行事。谁要是走漏风声，给车胄通风报信，定斩不饶！"

这时，天已渐渐昏暗下来，关羽算算时间、路程，便命令兵马继续进发。他们不慌不忙，等到了徐州城下，已是半夜时分。关羽命士兵大声叫喊："开门！快开门！"城上的守卒问："你们是哪一路兵马？""我们是曹丞相部下张辽的部队。"当时黑漆漆的一片，什么也看不清。守门的士卒不敢妄自做主，急忙报告车胄。车胄亦捉摸不定，又赶快请陈登商议。陈登心里有数，但怕露出破绽，坏了大事，只好说了模棱两可的话："将军若不出城迎接，只怕会得罪张辽将军；若出城迎接，又怕这里头有什么假冒欺诈。"车胄听了，觉得陈登所言和自己的担心是一样的，于是上了城门，对着下面大声喊道："天黑难辨，且等天亮再说。切勿怪罪！"

关羽听车胄并不想开门迎接，就教士兵回答："我们是丞相派来帮你的。快快开门，不然让刘备知道了，就会耽误了大事。"车胄仍然犹豫不定，在心里暗暗琢磨。关羽见城上无声，但车胄的人影并未离去，知他还在犹豫，便悄悄命军士们大声起哄。于是，士兵的叫喊声、斥骂声、抱怨声此起彼伏，不断地传到车胄的耳朵里，听得实在不是滋味。挨到五更时分，天已经蒙蒙发亮，车胄被叫喊吵得不耐烦，便披挂上马，提着弯刀，带了一千人马开门出城。车胄带着人马跑过吊桥，兵分两边排开，只听车胄喊道："张将军在哪里？"

关羽见此情形，立即提刀纵马，从军中一跃而出，直取车胄，厉声喝道："无耻小人，竟敢设计害我兄长！"话未说完，手中青龙偃月刀已落下。车胄一看，是威震八方的关云长杀来，吓得魂不附体，大叫一声，一边往后躲闪，一边举刀招架。一来一往，还没几个回合，车胄就已招架不住，只得拨转马头，往城内逃跑。跑到吊桥边，却被一阵雨似的乱箭挡住，过去不得。原来这箭是陈登指挥城上士兵所射。车胄无奈，只得绕着城墙逃命。关羽在后紧追不舍，眼看已经赶上，正要活捉，岂料车胄还挥刀顽抗，惹得关羽兴起，手起一刀，将车胄砍下马来。

关羽杀了车胄，这才去迎接刘备入城，并报告已将车胄斩首。刘备听了，大惊失色，说道："车胄是曹操心腹。杀了车胄，曹操怎肯罢休？若是起兵来问罪，我们该怎么办呢？"关羽显得十分镇定，并不把曹操大军放在眼里，说："大哥不必惊慌，我和三弟足能迎敌！"

曹操在许昌，不久即获悉了刘备杀车胄占徐州的消息，气得大发雷霆，于是命刘岱、王忠两人带五万兵马，打着他丞相的旗号，去徐州擒拿刘备。

刘岱原是兖州（兖，yǎn。今山东金乡县西北）刺史，当年十八路诸侯讨董卓中的一路，后归顺曹操。见曹操差他去攻刘备，心里着实害怕，回想起当年关云长温酒斩华雄的威武气派，只好硬着头皮出发。距徐州尚有一百多里，便安营扎寨，不敢再进。过了一段时间，曹操见二人还无动静，便派人催刘岱、王忠进兵。刘岱见催，不敢再拖延，便要王忠领兵先攻。王忠素闻刘备三兄弟大名，更知道关云长手中大刀的厉害，自知不是他们的对手，就推诿不去。两人争吵起来，各说各的理，都不愿打头阵。曹操派来的使者见了，实在又好气又好笑，就说："你们两位不必推来推去了，不如拈阄，谁拈着'先'谁就去。"二人于是拈阄定将，结果是王忠的运气不佳，只好强打精神，带着一半人马来攻徐州。

再说刘备得知曹军来到，十分着急。因为自己势单力薄，人少地狭，还不到公开与曹操对抗的时候，内心便有求和的打算。见王忠军到，性急的张飞便争着要去迎战，可刘备并不应允。关羽知道刘备的心思，就说："那就让我去会会王忠吧！"刘备十分高兴，说："若是云长去我就放心了。"于是，关羽带了三千人马，出城来战王忠。

这天，阴云密布，雪花乱舞，北风一阵紧似一阵。王忠本就怯阵，如今冒雪布阵，自是寒而更栗。他见关羽马出阵前，好不威风，顿觉自己更矮了一截，于是虚张声势，为自己壮胆："曹丞相到此，还不快快下马投降！"关羽不卑不亢，一副大将风度，说："请丞相出阵，我有话要同他说。"王忠却煞是无礼："丞相大人岂能同你说话？"这下可把关羽惹恼了，心想：这家伙太猖狂，先活捉了再说！两腿一夹，拍马向前，直取王忠。王忠见关羽冲来，忙挺枪架刺。关羽却不挥刀，奔到王忠马前一拉马缰，往旁边飞驰而去。王忠以为关羽不敢应战，胆子便大了起来，于是放马追赶。关羽转过一个山坡，见王忠跟近，突然拨马而回，口中同时大喝："大胆匹夫，欺我太甚！"挥刀向王忠砍去。王忠心慌，不敢招架，拨转马头，想逃回本阵。关羽纵马紧追，把青龙偃月刀倒提在左手，腾出右手一把抓住王忠的腰带，略一使劲，便将王忠揪过马来，横放在马背上。王忠部下一看主将被擒，吓得一哄而散，纷纷逃命。关羽也不叫士兵追杀，只把王忠绑了来见刘备。

见到刘备，关羽不无自傲自负地说："我知道兄长有求和的意思，所以生擒了王忠，请兄长发落。"刘备见此，心里多少宽松了一些，说："像王忠这样的人，杀了不值什么，留下来倒可为求和起点作用。"张飞在一旁听了，很是不服，高声喊道："二哥捉了王忠，看我去生擒刘岱来！"果然，在关羽活捉王忠的激励下，张飞用计，把坚守不出的刘岱也活捉了。

刘备考虑到自己目前的处境和条件，一心想求和，就放了刘岱、王忠。临走前，刘备要求刘、王二位为他在曹操面前做些解

释，不外是"杀车胄是情不得已，并不敢谋反，请曹丞相明察"之类。刘、王二人得了性命，自然千恩万谢，满口答应。

关羽是个很有头脑的人，见刘、王二人走了，就提醒刘备说："兄长虽放了这两个人，曹操还是不肯罢休的，一定会派兵再来。"谋士孙乾很赞同关羽的看法，就建议刘备分兵驻扎，形成一个互相照应的格局，来防备曹操的进攻。刘备依其所说，命关羽驻守下邳（今江苏睢宁西北），甘、糜两位夫人同去；命糜竺、糜芳、孙乾、简雍等镇守徐州；命张飞同他一道屯扎在小沛（今江苏沛县）。

第二天，大家分头行动。徐州城下，关羽与刘备道别。刘备紧紧握住关羽的手，不忍分离，沉默半晌，才说了一句话："二弟多多保重！"关羽很受感动，亦朗声回道："大哥保重！"说完，一跃上马，领兵而去。

天阴沉沉的，一片乌云笼罩在头顶。关羽看着前面的两位嫂夫人的车仗（车舆和兵仗），深感自己肩上的责任重大，他预感到一场恶战即将来临。

关羽中计，痛失下邳
••••

却说曹操见刘岱、王忠二人狼狈而回，还为刘备说情，怒不可遏（愤怒地难以抑制。形容十分愤怒），要将二人斩首。幸而孔融出来劝说，才罢了官爵，免于一死。曹操气得要亲率大军征讨刘备，谋士孔融劝说，现在隆冬严寒，起兵不利，不如来春再说。

正当此时，国舅董承密受汉献帝衣带诏，欲图曹操的事败露了。曹操大怒，将董承等几人全家处死。曹操先已被刘备蒙骗过，后又损兵折将，今又得知他在衣带诏上签字反对自己，就更坚定了立即除掉刘备的决心。于是，隆冬刚过，曹操就亲点二十万大军，兵分五路，东征刘备。

刘备探听曹操大军不日即到，他自知力量悬殊，难以御敌，就派人急去袁绍处求援。岂料袁绍以幼子生病为由，不肯出兵。刘备无计可施，不禁大哭起来。一旁的张飞倒很镇静，忙给刘备献上一计，要趁曹军刚到，疲惫不防，半夜去劫寨。刘备认为此计不错，兄弟二人于是兵分两路，当晚去袭击曹军。岂知曹操极善用兵，已料到刘备计划，做好了准备，等着刘备自投罗网。结果兄弟二人中了埋伏，落荒而逃，各奔东西。小沛就这样丢了。第二天，曹操又进兵徐州，糜竺等人把守不住，只得弃城而走。短短两天，三城便失了二地，只剩下关羽驻守的下邳（pī）。

曹操召集众位谋士商议，如何攻取下邳这座孤城。他先给大家定下了进攻的调子，说："我一向敬重关羽的人才武艺，想趁此收服他为我所用。各位请献良策！"荀彧、郭嘉、程昱等一班谋士，各自发表高见，得到曹操的点头称赞。于是依计行动。

关羽自领兵来下邳，恪尽职守，每日教士兵演习武艺，操练阵法，虽是严寒，却呈现出一派热火朝天的气氛。对两位嫂嫂，关羽可说是照料得无微不至，常常亲自去嘘寒问暖，甚是恭敬。

这一天，关羽正在指挥士兵操练，忽然有人喊他，回头一看是孙乾，忙问："孙大人，有何急事？"孙乾说："曹操率二十万大军来攻徐州，将军可要早做准备。"说完，就匆匆离去。关羽知道军务紧急，亦不相留。转过身来，立即向士兵布置有关守城事宜。一听曹操即将来临，整个下邳笼罩着一股紧张空气。

过了几天，却不见有什么动静。关羽心里有点着急，不知道大哥他们怎么样了。正想派个哨卒去打探打探，忽听左右报告："关将军，城外有一群士兵，说是从徐州、小沛来投将军的。"关羽一听，道声不妙，大步流星赶往城门，边走边想：看来大哥他们是出事了。可是他又不希望这是真的。走到城门边，忙唤守卫士卒打开城门，放那群士兵进城。关羽一一打量他们，只见个个衣衫不整、疲惫不堪，还没等他开口发问，就见其中一个士兵哭丧着脸，向他诉说道："徐州、小沛都被曹军占领了。我等跟随主公、张将军去劫曹操大寨，结果中了埋伏。曹军人多，我们抵挡不住，死伤无数。幸亏我们几个在后面，撤得快，才捡了条命，请关将军收留我们，我们愿同关将军一道，誓死守住下邳。"关羽忙问："主公和张将军现在哪里？"那士兵回道："这我们就不知道了。当时天黑，路隔不远就什么也看不见，只听到四面都是喊杀声。"关羽再问，他们都说其他的就不知道了。

第二天一大早，关羽亲自在城门楼上来回巡视，忽见一支人马来到城下，原来是曹操的大将夏侯惇率领五千先锋部队。关羽想到，如今敌众我寡，出战必为不利。不如凭借城池，坚守不出，谅他也没什么办法。时间一长，曹军粮草难济，必然退军，那时再战也不迟。于是关羽下令："没有我的将令，不准出城迎战。"众人连忙答应。

夏侯惇见关羽不出城，就命士兵在城下大声辱骂、挑逗，直从早晨骂到日升中天。一批骂累了，又换一批，轮番叫骂，百般侮辱，大有关羽不出战叫阵就不停止的势头。其他士兵则在草地上乱成一片，打闹的，躺着晒太阳睡大觉的，应有尽有。夏侯惇也懒洋洋地躺在马匹旁打盹。关羽忍了大半天，实在是听不下去、看不下去了，心想，趁其不备，杀他一阵，出出这口恶气，料想不会有事。于是召集三千人马，冲出城来。关羽一马当先，直取夏侯惇。

曹军一见关羽出兵，便哄的一声，往后就跑。夏侯惇倒也十分敏捷，跨上战马便来迎住关羽。战不到十个回合，夏侯惇像是招架不住，回马就逃。关羽杀得兴起，岂肯收兵，便在后纵马追赶。夏侯惇跑了一阵，又停下来与关羽战几合，战几合又跑一阵，如此三番五次，边战边跑，边跑边战，不觉已赶出了二十多里路程。关羽突然大叫一声："哎呀，不好。"连忙拨转马头，令军马赶快回城。走不多远，只见两支曹军从左右两边一起杀出，堵住回城大道，左为大将徐晃，右为大将许褚，都是曹操手下的得力虎将。关羽奋力拼杀，冲开二将，无奈道路中央及两旁排下了数百弓箭，那箭如群蝗过顶，密密麻麻，根本无法冲过去。关羽只得勒马回头，徐晃、许褚二人接住又战。关羽又杀退二人，引兵往前，夏侯惇却又回头来战。如此战来战去，却是不得突围。眼看战至日晚，关羽领兵来到一座土山脚下，进退不能，只好命士兵占住山头，自己也跳下马来，暂且休息一会儿。刚刚坐定，就见山脚下曹军蜂拥而至。他们并不攻打，而是摆了个长蛇阵势，将小土山里三层外三层团团围住，铁桶似的，水泄不通。

夜幕渐渐降临，关羽和士兵们笼罩在黑暗与寂寞之中，忍受着饥渴、疲惫的煎熬。山下的曹军点起篝火，架锅做饭，不一会儿便热气腾腾、饭香扑鼻，招引得关羽和士兵们更是饥饿难耐。看看身边这些精疲力竭的士兵，关羽心里一阵难过；想想城里无依无靠的两位嫂嫂，关羽更是懊悔不迭。突然，他远远看见下邳城中火光连绵，冲天而起。关羽心急如焚，不顾饥渴疲劳，提刀下马冲下山去，想要赶回城中。怎奈曹军一起射箭，容不得关羽靠近。一连几次，关羽都被乱箭射回，不仅不能突围，人马反又增加了不少伤亡。无可奈何，关羽只好重新回到山顶。他并不泄气，准备等到天亮，再与曹军一决雌雄。

好不容易挨到拂晓，关羽正要整顿兵马，忽然看到一人骑马冲上山。关羽一看，原来是张辽将军。关羽迎上前去，毫不畏惧，说："将军想来与我拼杀一场吗？"张辽忙答："别误会，别误会！我不过是感念老朋友的往日交情，特地来同兄长叙谈叙谈的。"说着，就跨下战马、丢下武器，与关羽一同步行到山顶，坐下说话。关羽问道："文远兄莫不是想劝说关某投降吧？"张辽答："不对。我只是想起当初在下邳城的事，那时小弟有难，兄长冒死相救。如今兄长受困，小弟怎能坐视不救呢？"原来，张辽本是吕布手下一员大将，当年曹操破吕布时活捉了张辽，张

辽大骂曹操，曹操要拔剑杀他，幸亏关羽以性命为他作保，张辽才得以免死。当下关羽见张辽提起这段旧情，自是心中一动，便问道："文远是想助我脱围吗？"不料张辽却答个"不"字。关羽一听，就有些不耐烦："既然不想帮我，那来这里干什么？"说着，站起身来，走向一边。他遥望下邳城，想起城内的嫂子，心中惴惴不安，脸上一副焦急担忧的神态。

张辽见关羽朝着下邳城眺望，明白他的心思，于是亦走上前来，像是给关羽解释："下邳昨晚就被曹丞相夺了。""什么？"关羽闻言，大惊失色："怎么这么快？我不相信。我训练的那批士兵，大都能攻善战，怎么会这么快就把城丢了呢？我不相信！"张辽不禁哈哈大笑起来，说道："兄长太过自信了！为兄可曾记得前天来投的那群士兵吗？那是曹丞相特意安排做内应的。有了他们，下邳可就唾手可得了！"

关羽听了，才恍然大悟，心里一阵绞痛，又懊又恼，悔恨交加：大哥把下邳交给我驻守，把嫂夫人交我看护，我竟这样轻易地给丢了。这怎么对得起大哥的嘱托，怎么对得起大哥的信任？拼着一死，也要救出两位嫂子！关羽猛然紧跑几步，提着青龙偃月刀，跃上战马，就要冲下山去。

忠义之士，降汉不降曹
· · · ·

　　关羽听说下邳被曹军占领，懊悔不迭，就要纵马下山，去救两位嫂夫人。却被张辽紧紧拽住马缰，动弹不得。只听张辽劝道："曹丞相虽破了下邳，对城中百姓却并无加害；而对刘备的家眷，更是派人看护，还明令'有惊扰者但斩不赦'。况且，刘备、张飞二人且不知是死是活，你孤身再战又有什么意思呢？"

　　关羽听后，勃然大怒，说："文远此言，不是要劝我投降吗？我虽临绝境，那又如何，不过一死而已。大丈夫生于天地之间，视死如归，岂能临危而惧！"说着，便要策马。没想到张辽松开马缰，哈哈大笑不止，笑得关羽丈二和尚摸不着头脑，于是问道："文远为何发笑？"张辽答道："我不笑别的，只笑云长兄说出这样的话来，难道不怕遭万代人耻笑吗？"关羽凛然答来："我尽忠尽义而死，怎会被人耻笑万代呢？"却见张辽不慌不忙，拉住关羽的手，接过青龙刀，说道："兄长且下马，听我慢慢说来。"关羽不明所以，急于知道，便顺其劝说，跨下马来。只听张辽娓娓道来："兄长今日战死，不仅无益，反有三条罪过。""你且说说我有哪三条罪过？"关羽急着追问，张辽这才揭开谜底："当初刘备与兄结义，立下誓言，要同生共死。眼下刘备在小沛吃了败仗，已逃脱他方。像刘备这样的仁义之人，谁会不收留他呢？兄长今天要战死于此，倘若刘备东山再起，一心盼望兄长前来扶助，而你却已经不在了，这不背弃了当年的誓言吗？如此耽误主公大事，白白丢了自家性命的行为，实在不好。这是第一条罪过。第二条罪过，刘备将家眷托付给兄长，是因为兄长办事最令他放心。你今日战死，两位夫人可就无依无靠了。假使两位夫人守节不嫁，也只能以死明志；假使愿意改嫁，则已成为别人之妻。无论怎样，都是兄长辜负了刘备的重托，实在是不义的事情。第三条罪过，就是你自己了。像兄长这样超群的武艺和精深的学识，不想同刘玄德一道匡扶汉家朝廷，拯救穷苦百姓，却要白白送死，以逞匹夫之勇。既对不起列祖列宗，又对不起主公刘备，怎能称得上是尽忠尽义呢？兄长一死，却得了这三条罪过，小弟我不得不向你奉告！"

张辽这番话，句句在理，字字如锤，敲打在关羽的心坎上，不由他不沉思、掂量。半晌，关羽才抬起头，向张辽问道："你说我一死有三罪，那我究竟该怎么做才好呢？"张辽回答："如今四面都是曹丞相的兵马，兄长若不投降，必只一死。不如暂且归降，然后打听刘备下落，若能知道他在何处，再去相投不迟。这样一来，一可以保全两位夫人，二可以保全忠义，三可以保全自身。有这样三般好处，兄长应该好好考虑考虑。"

关羽思前想后，确实感到没有其他办法。他踌躇（chóu chú，犹豫）一番，终于下定决心，于是回答："你所说的的确有理，但我有三个要求。假如曹丞相能答应我的这些要求，我就立即卸甲投降；假如不答应，我宁愿蒙受三条罪过，一战到死。"张辽说："丞相是个宽宏大量之人，有什么不能接受的？你说吧！"关羽说："第一，当初我与刘皇叔立誓，要共同扶持刘家汉朝。因此今天我只归降朝廷皇上，不是降他曹丞相。遇到危急须动刀动枪，可以随机处理，不必禀告丞相。第二，两位嫂嫂，请用皇叔俸禄赡养，闲杂人等一律不准靠近嫂夫人房门。第三，一旦获知刘皇叔去向，不管路程有多么遥远，我等都可立即告辞，去投皇叔。这三个条件必须全部答应，缺少一个，云长至死不降。请文远贤弟快去报告。"

张辽听关羽说出了这三个条件，很是敬佩，立即答应一声，纵马回见曹操，把关羽的要求一一禀明。对于前两个条件，曹操十分爽快地答应了。唯有第三个尚有点踌躇，因为曹操收降关羽是要为自己所用啊！而关羽一有机会还要找刘备去，我不白忙乎了一场？张辽便劝曹操，只要对待关羽如刘玄德一样恩重情深，就不怕留不住关羽。曹操这才全部答应。张辽得曹操将令，就再去小土山上报知关羽。关羽说："虽蒙答应，还得请丞相暂且退兵，容许我入城去禀告嫂夫人，然后再来投降。"张辽又下山禀告曹操，曹操毫不迟疑，即刻传令，命所有军马都后退三十里。

关羽站在小土山上，见曹军依次退去，才带领着数百名残兵回到下邳。果然见城中百姓平静如常，没有受到惊扰，心里便好受许多。于是关羽直接来到嫂夫人府中。两位夫人听到关羽到来，急忙出来迎接。关羽一见到两位嫂子，连忙叩拜在地，痛哭起来。两位嫂子以为夫君遇难，忙问："皇叔今在哪里？"关羽忍声回道："不知去向。"两位嫂子略松一口气，又问："二叔如此痛哭却是为了什么？"关羽回道："小弟率军出城迎战曹军，兵微将寡，被困于土山之上。张辽前来招降，我说出三个条件，曹操全部答应。但不曾得到嫂嫂允许，我不敢擅自做主。关某思念大哥，看到嫂嫂所以掉泪。"甘夫人应道："昨天曹将军率军入城，我二人都以为必死无疑。谁知曹将军一点也没为难我们，一个士兵也不敢进屋来。二叔既然得到了曹将军的许诺，就不必问我们了。我只担心日后曹丞相不会放我们去寻皇叔。"关羽决心已下，于是安慰道："嫂嫂放心！只要有关某在，必要再见主公。曹操既为丞相，说出的话就是号令，如果有什么反悔，以后还有谁服他呢？"甘、糜两位夫人这才同意，并吩咐道："凡事都由二叔看着办吧，不必问我们女流之人。"

关羽告辞嫂嫂，退出府来，带了几十名骑兵奔往曹操大寨归降。曹操令文臣武将都出大寨迎接，自己亦来到辕门相接。关羽下马拜过曹操，随即说道："文远代禀三件事情，还请丞相明察不忘，如约恩准。"曹操却倒干脆，答道："我将取信于天下，怎么能出尔反尔，自欺欺人呢！"关羽又说："我的主公若还在人世，关某我即使赴汤蹈火亦无所畏惧，一定要前去相投。到时候怕来不及面辞，还请丞相谅解！"曹操心中着实不悦，但口上又不好明说，只得好人做到底："玄德假如还在，一定任凭你去投他，但只怕已死于乱军之中了。云长且放宽心，我即派人去四处打听下落。"关羽见曹操如此大度，忙作礼拜谢。

第二天，曹操大军班师回京，关羽便收拾车仗行李，与曹军同行。一路上，关羽提刀策马，跟随在嫂子车仗左右，而且时时问候，恭敬备至。当晚途中安歇，曹操有意只拨一间房子，想看看关羽如何处置。关羽并不抱怨。他亲自送嫂子入室歇息，然后手持蜡烛，站在门外如钉子一般纹丝不动，整整站了一个晚上。关羽的忠义坚贞，备受曹操的敬服。到了许都，曹操安排了一座宅院给关羽居住。关羽把院子一分为二，内宅给嫂夫人居住，自己则居外宅。自此三天一次，按时向两位嫂夫人施礼问候。每一次，关羽都恭恭敬敬地问道："二位嫂嫂安好吗？有什么事吩咐？"每次都在二位嫂夫人询问皇叔情况之后，说声"叔叔自便"，关羽方才告退。曹操闻知，对关羽的品行叹服不已。

关羽自到许都，就像贵宾一样，受到曹操出乎寻常的礼遇厚待。曹操启奏献帝，加封关羽为偏将军；三日一次小宴，五日一次大宴地款待，动不动就送绫罗绸缎，赐金赏银，并派十个美女来侍奉关羽。对于曹操所做的一切，关羽心里自然有数。他把收到的金银、布匹一一登记清楚，存放妥当；打发美女们全去二位嫂嫂跟前侍候。关羽对这一切，总是不卑不亢，泰然处之。他始终思念着他的兄长，时刻准备着回到兄长的身边。

又一日，曹操宴请关羽。席散，送关羽上马，见关羽所骑战马非常瘦弱，便问这是为何。关羽说："我的身子太重，此马力不胜任，所以瘦弱难壮。"曹操便命左右把吕布所骑的赤兔马备好牵来，送给关羽。关羽一看，喜不自禁：只见那赤兔马遍体通红，油光发亮，一对眼睛如铜铃般滚圆有神，真是雄伟至极，不愧为天下名马。当下关羽倒身拜谢，接连两次，却惹恼了曹操。曹操生气地问道："我多次送你金银美女，从没见你下拜称谢。今日送马，反而高兴得一拜再拜。这是为什么？难道不是把人看得轻贱把牲畜看得贵重吗？"关羽被责，却不生气，仍透出内心的喜悦与高兴："我知道这赤兔马是日行千里的好马。今日得赐，实乃三生有幸；一旦得知兄长的下落，虽有千里之遥，骑上这马就可一日而到。谢谢，谢谢！"曹操听了，惊愕万分，心中后悔不已。

过了几天，曹操又宴请关羽。不久关羽到席，脸上有悲伤的神态，隐约闪烁斑斑泪痕。曹操见了，奇怪地问他为什么伤心，关羽颤声答道："两位嫂嫂思念兄长，日想夜梦，以为皇叔已不在人世了，因而痛哭不止。唉，不由我心里不悲伤啊！"说着，眼眶里又满含泪水。曹操于是说些宽心的话，并不断向关羽劝酒。这一天，关羽由于心情郁闷，不免多喝了几杯，更激起他

一腔思兄报国的壮志豪情。他放下酒杯，手抚长髯（cháng rán,
脸颊上的长须），挺直身子，慨然道："大丈夫上不能报效国家，
下又背离兄长，真是白白活在这个世界上了！"曹操听了，又不
免称赞一番，心里却在嘀咕。

终于，曹操有点沉不住气了。这一天，他特意把张辽叫来问
道："我待云长这样好，可他还是时时抱着要离开我的想法，这
是为什么？"张辽亦是不解，只好回道："且待我去问个究竟，
即来禀报丞相。"说完，来到关羽住处探听。一见面，寒暄几句，
张辽就问："我引荐兄长留在丞相这里，兄长可没有落在别人后
面吧？"关羽知其话意，正色答道："丞相待我恩情俱重，关某
非常感激。只是我的身体虽在丞相这里，而我的心始终在兄长那
里。"张辽不免有些气恼，说道："兄长这话可就差劲了！大丈夫
与人处世，如果不能分别轻重，那就不是大丈夫。以我想来，刘
玄德对兄长的情义，还不一定能超出曹丞相。可兄长总是抱定了
要离去的念头，这到底是什么原因呢？"关羽毫不掩饰，直言相
告："我完全知道曹丞相待我的一片真情厚意。岂知我早已领受
了刘皇叔的一片恩情，发誓要与他生死相依，怎么可以背叛刘皇
叔呢？我终究是不会留在这里的。当然，我一定要出力立功来报
答曹丞相，然后才离开。"张辽仍不死心，又问："假若刘玄德已
经去世，那么兄长该投向何方呢？"关羽不假思索，脱口而出：
"如果兄长已离人世，那我就随同他一起长眠地下！"张辽将关
羽追随刘备的决心告知曹操，曹操惊叹道："关羽不忘其本，乃
天下之义士啊！"

取上将首级，如入无人之境

••••

　　曹操叹息罢，待了一会儿，他似乎想起了什么，又问张辽："云长说他什么时候要离开？"张辽回答："他说一定要在立功报答丞相之后方才离去。"曹操又赞叹了一声："真是个有仁有义的人啊！"谋士荀彧在一旁谏道："假如丞相不让他有立功的机会，云长未必会离开。"曹操连连点头："说得对，说得对！"

　　却说那夜刘备去劫曹营，吃了败仗，仓促之间，狼狈而逃，单骑投在河北袁绍门下。虽说袁绍待他如上宾，刘备仍然整天闷闷不乐，茶饭不思。一想起自己报效国家的远大抱负，一想起不知音讯的两位弟弟，一想起沦于曹操手中的家室妻小，他更是心事重重，忧心如焚。袁绍见状问起原因，刘备便如实奉告，最后叹息道："上不能报效国家，下不能保全家室，怎能不叫人忧虑呢？"说着就掉下泪来。袁绍说："曹操挟天子以令诸侯，名为汉相，实为汉贼。我早就想进军许都了。如今春回地暖，正是用兵良机。"刘备听了十分高兴，这样一来，他就可以利用袁绍的

行动打探两位弟弟的下落，又能为自己出一口闷气了。于是刘备极力主张袁绍赶快进兵。袁绍拿定主意，即派大将颜良做先锋，率十万人马攻打白马城（今河南滑县城东）。太守刘延惊慌不已，急忙向许都告急。曹操得报，迅速整军救援。关羽也知道了这件事，就想同去帮忙。于是来到曹操府中，向曹操请求道："在下听说丞相即将发兵白马，我愿意做一名先锋，斩敌立功以报丞相恩情。"曹操担心关羽立了战功便要离去，当然不想把这机会给关羽，嘴上却说得十分婉转："不敢麻烦将军跑远路受劳累。如果有劳将军处，到时再来相请。"关羽无奈，只好闷闷而回。

曹操亲率十五万大军，急速向白马进发，路上又接二连三接到刘延的告急文书，曹操催军日夜兼程，不日来到白马，背靠土山安营扎寨。远远望去，只见山前一马平川，十分开阔。颜良所率兵马已在那里排好阵势，显得整齐严明，气势雄壮。曹操观望一番，心中惊骇。双方布阵已毕，只见颜良挥刀拍马，气势逼人，当先走出阵来挑战。曹操环顾身后众多将领，眼光落在原吕布手下将领宋宪身上，说道："宋将军，我早就听说你武艺高强，是吕布的骁勇战将，为何不去与颜良较个高低？"宋宪并不推辞，反倒显得十分兴奋，答应一声："遵命！"立即提枪拍马，冲出阵去，直取颜良。颜良大喝一声，纵马迎上。两将相交，各使平生功夫，你一刀我一枪，战不到三个回合，颜良逞威，大刀落处，宋宪的人头已经落地。曹操大惊失色，叹道："啊，真是一名虎将！"却激恼了一旁的大将魏续。魏续原也在吕布手下，与宋宪关系甚密。今见宋宪被颜良斩了，又气又怒，大声喊道："杀我同伴，煞是可恶。魏某愿去报仇！"曹操准其出马。魏续迫不及待，纵马冲出阵前，口中同时大骂："颜良小儿，我今天一定要杀掉你！"手持长矛就照颜良面门捅去。颜良并不理会魏续的咒骂，见魏续的长矛刺来，只闪身一躲，飞快扬起手中大刀，劈头砍下，可怜魏续尚不明白怎么回事，已经做了刀下之鬼。曹操又是一阵心惊，问道："哪位将军敢去抵挡颜良？"话音刚落，只见一将又冲出阵，曹操一看，原来是徐晃。徐晃使一把大板斧，在曹操军中一向以勇猛善战为人称道。曹操心想，这把大板斧大概能敌住颜良手中的大刀吧。只见两将在阵前杀作一团，你来我往，刀斧相交，铿锵作响，煞是威风好看。渐渐地，徐晃的大斧便显得有些迟钝，只有招架之功，而无还手之力，终于在战了二十多个回合后，拨马逃回阵来。曹操和各位将领见了，都心惊胆寒，微微颤抖，只好赶紧收兵。颜良也收兵归营。

回到寨中，曹操很烦恼，不知这仗该怎么打下去。谋士程昱见曹操郁闷，知其心事，便说："丞相不必担心。我荐一将，可以抵挡颜良。"曹操忙问是谁，程昱回答："非关公不可。"曹操叹了口气，说："我怎么不知关羽神勇异常？我是怕他立了功就要离我而去啊！"程昱又说："刘备若在，必投奔袁绍，如叫关羽破袁绍之兵，袁绍必疑刘备而杀他。刘备死了，关羽又如何能去投奔刘备呢？"曹操见其说得有理，于是立刻派人去请关羽出马。

关羽自曹操走后，不必赴宴应酬，倒显得清静自在得多。他整日读书习字，演练武艺，大门不出一步。这天，他正聚精会神地研读《春秋》，忽然听见门吏报告："将军，曹丞相派使前来。"关羽抬头一看，只见来人已到门前，手中拿着曹操手令。关羽匆匆一瞄，知是请他去白马解围，高兴得不得了，便对来人说："请稍等片刻，容我去向两位夫人辞行。"说毕，兴冲冲来到内院，向两位嫂嫂禀明去白马之事。两位夫人自然也欢喜一番，叮嘱关羽："二叔此番前去，可要注意打听皇叔消息。"关羽恭恭敬敬答道："两位嫂嫂放心，小弟就是特地为了这件事才去的。嫂嫂多多保重，小弟告辞了。"

关羽告辞出来，随即提青龙刀，骑上赤兔马，带着数名随从，拍马紧奔白马。曹操见关羽来到，十分高兴，像是见了救星一般，急忙与关羽叙说战况："颜良已连杀我二员大将，实是勇不可当。所以特请云长来商量对策。"关羽回道："丞相放心，让我看看敌军的动静再说。"曹操于是设宴款待关羽，席中频频劝酒，正饮得酣畅（hān chàng，畅快）之时，忽然哨卒来报，说是颜良又来挑战。关羽立即放下酒杯，站起身来，在曹操的带领下，走上土山顶察看瞭望。曹操只邀关羽和自己坐在一起，其他所有的将领、谋士都在身后站着，围成一个半圆。山下颜良已排开阵势，只见刀枪林立，旗帜遍布，四面八方，井然有序。曹操看在眼里，自是敬佩，便对关羽赞道："河北军队人如猛虎，马似威龙，竟至如此雄壮！"关羽不屑一顾，冷笑一声，答道："我看这些人，不过都是些不会鸣叫的土鸡瓦狗一般，都是些外表好看实不中用的东西！"曹操指着远处，告诉关羽："那麾盖（huī gài，将帅用的旌旗伞盖）下面持刀纵马的大将，便是颜良。"关羽循着曹操所指举目望去，见麾盖下那人披着金色铠甲，穿着锦色绣袍，一副威严难近的样子。关羽看了，觉得好笑，就回曹操说："我看颜良，就像一个插草卖头的可怜虫！"曹操大吃一惊，不免提醒关羽："千万不要小看他！"关羽不听犹可，听了这话，再也坐不住，于是站起身来，向曹操请战道："我虽没有什么才能，愿去万军中取颜良的头来献给丞相。"曹操点头称"好"，却急坏了站在一旁的张辽，他关切地说："军中无戏言，云长兄万万不得掉以轻心！"

关羽听在耳里，感激在心。他来不及答话，奋然上马，倒提着青龙刀，径自向土山下纵马跳去。那赤兔马一声长嘶，奔如疾风，像一把利刃，直捣颜良阵中。关羽一边策马飞跑，一边摘下头盔放在鞍前。随着赤兔马的奔腾，关羽的情绪越来越激昂，精神越来越振奋，斗志越来越旺盛。他一双凤眼瞪得滚圆，闪闪发亮，一对卧蚕眉紧锁而立，如同两把匕首。不一会儿即冲到敌军阵前，河北军见了关羽这般飞驰如箭、怒不可遏，一个个惊得急忙向两边退去，霎时让出一条大道，任关羽纵马驰奔。颜良此时正在麾盖下张望，突然见自己的士兵像波开浪裂一样，一骑快马从中奔出，尚在徘徊犹疑，没想到那匹红色战马转眼之间已到身前，只见红的一闪，白的一亮，稀里糊涂的颜良早被关羽一刀斩下马去。颜良身边的其他将领见了，个个吓得胆战心寒，慌忙抛旗弃鼓，拨马便逃。关羽亦不理会，他径自跨下赤兔马，割下颜良人头，

取上将首级，如入无人之境

拴在马颈下面。然后一跃上马，提刀冲出阵来。这一来一去，何等神速，何等轻松，就像出入于无人的境地！河北将士从没见到过这般勇武神威，逃避还怕来不及，有谁敢靠前挡一挡？！颜良一死，众军无首，便不战自乱起来。曹军乘势掩杀，杀得颜军哭爹喊娘，落荒而逃，死伤不计其数，马匹、器械丢得遍地都是。

关羽纵马跑回土山，将颜良人头献于曹操面前。曹操喜不自禁，连声赞叹："将军神威，天下无敌啊！"他的几十位将领、谋士也个个对关羽称羡不已。关羽镇静如常，反倒显得谦虚起来，当下对曹操说："关羽算不了什么。我三弟燕人张翼德，在百万大军中取大将人头，就如伸在口袋里取东西一样轻松自如，那才是真正厉害呢！"曹操大吃一惊，连忙对他的将领们说："今后遇上张飞张翼德，千万要小心！"

关羽匹马入阵斩了颜良，更受到曹操的加倍钦敬。于是上表启奏皇帝，加封云长为寿亭侯，并铸了颗金印送给关羽。印上刻着"寿亭侯印"四个字。曹操命张辽将大印带给关羽，关羽接过一看，推辞不肯接受。张辽不明就里，劝说道："以兄长的功劳，赐官封侯哪有什么过分呢？"关羽回答："关某功劳轻微，何足挂齿，可担当不起这样的爵位。"说着，再三推辞，终不肯接印。张辽只得把印带回来报告曹操。曹操想了想，便问张辽："关羽可曾看过大印？"张辽回答："看过。"曹操恍然大悟，自叹道："也是我考虑不周啊！"于是命工匠削去原字，另刻"汉寿亭侯之印"六个字，再叫张辽送去。关羽打开看过，不禁大笑起来，对张辽说道："还是丞相知道我的心意啊！"这才恭恭敬敬从张辽手中接过大印。

斩将立功，以报曹操恩情
····

却说颜良的残兵逃回报知袁绍，说是一个赤面皮、使青龙大刀的勇将，单刀匹马冲入阵来杀了颜良，故而大败。谋士沮授便对袁绍说："这人一定是刘玄德的弟弟关云长。"袁绍以为是刘备指使关羽杀颜良，气得要斩刘备。刘备镇定自若，从容辩解，说自己从徐州失散，家小都抛弃了，也根本不知道关羽的下落，怎么会派关羽去杀颜良？一番解释又使袁绍转怒为敬，于是又请玄德共商复仇之事。正说着，帐下一人大声说道："颜良是我兄弟，今既被曹贼所害，我怎能不去报仇雪恨呢？"袁绍见来人是他的另一名骁勇战将文丑，非常高兴，说道："除了你没人能报颜良之仇。今日我也给你十万兵马，即日起程，直渡黄河，追杀曹操那贼！"刘备见又要发兵，就对袁绍说："我久受明公大德，无所报效，想助文将军同行，一来是报答明公恩情，二来是打听关羽的实在消息。"袁绍欢喜异常，就命文丑率七万军先行，刘备领三万兵在后接应。

　　文丑急着要为颜良报仇，便催军速行，不日即渡过黄河，占据了延津（今河南延津县西北至滑县以北一段）一带。消息传来，曹操亲率大军迎击。大军出发时，曹操一反用兵常理，令粮草车仗全部先走，让后军作先锋护守粮草，却把先锋部队放在后面。粮草车沿着河道行至延津，忽遇文丑率军杀来，曹操军马抵敌不住，都抛下粮草四下逃命。此时曹操率大军在后面听到前面呐喊，便令兵马上南边的一座土山上暂避。军马来到山上，曹操又令士卒全解衣卸甲，稍事休息，把马匹散放得到处都是。不久，文丑在前面夺得粮草车仗后，又来抢曹操的马匹和财物，根本无心再战，队伍也乱得不成样子。曹操见时机一到，便命将士包围上去，截住厮杀（相杀；互相搏斗），文丑军挤在一处，自相践踏，死伤无数。

　　文丑挺身独战，却根本挡不住四面而来的曹军攻势，只好拨转马头，往回奔逃。曹操在土山上看得十分清楚，便指着文丑的身影说道："文丑是河北军中的名将，谁能去把他活捉来？"话音刚落，只见张辽、徐晃两员大将双双奔马而出。不一会儿，二将已快赶上文丑，便大叫道："贼将休跑！"文丑回头一看，见是二将赶来，于是按住铁枪，拈弓搭箭，先朝张辽射来。徐晃大叫："贼将休放箭！"张辽低头急躲，那箭在头顶上倏忽而过，将张辽头盔上的簪缨给射掉了。张辽大怒，策马再赶，文丑又放一箭，正中张辽坐骑面颊。那马扑通一声跪倒前蹄，一下将张辽摔下马来。文丑见张辽倒地，便回马要取他性命。幸亏徐晃赶到，抡起大斧敌住文丑，张辽才得以脱身。徐晃与文丑大战三十余回合，正酣战之间，徐晃看文丑后面的军马一起杀到，便不敢再战，急急拨转马头，逃回土山。

　　文丑见兵马一起杀到，徐晃又败逃而回，于是挥军沿河追杀而来。忽然，文丑看见十余骑人马飞驰而来，旗帜飘展，一将赤面长髯，身着绿色战袍，手提青龙大刀，跑在最前面，威风凛凛，好不气派！这不就是温酒斩华雄的关羽吗？大概颜良也就是被他所杀的吧！他又恨又怕，恨是关羽杀了颜良，此番前来便是要报这斩弟之仇；怕的是自己大概不是关羽的对手，不说那如雷贯耳的斩华雄的传说，就说颜良，武艺尚比我高出一筹，竟被他一刀斩去。这样想着，心里不免胆寒起来。此时关羽纵马已到跟前，大喊一声："贼将休得猖狂！"挥舞青龙刀就向文丑砍来，文丑急忙挺枪接战，从刀枪的碰击当中，他感觉到关羽手中的大刀似有雷霆万钧之力，势不可当。本就有些心慌的文丑，吓得不敢再战，急忙拨马，绕河而逃。关羽方才杀得兴起，见文丑纵马逃去，哪肯放过，两腿一夹，那赤兔马如长了翅膀一般，转眼之间便已赶上了文丑。文丑既无法躲避，又来不及拈弓射箭，听得背后马蹄声至，吓得伏下身去。关羽大喝一声，背后一刀，就把文丑斩下马来。

曹操在土山上看见关羽杀了文丑，高兴不已，忙命将士四面掩杀，河北军无处可逃，纷纷落水，死伤无数。曹军重把失去的粮草车仗马匹辎重（zī zhòng，行军时由运输部队携带的军械、粮草、被服等物资）一一夺回。原来，叫粮草先行，是曹操所用的乱敌之计，不过，假如没有关羽及时赶来斩了文丑，这计可能就会落空了！

却说关羽斩了文丑，仍领着几名骑兵，在河岸上左右奔杀，东冲西突，十分酣畅淋漓，痛快之至。正在此时，刘备率三万兵赶到，哨卒报知刘备，说又是红面长髯的人杀了文丑。刘备急忙拍马上前，隔河望去，只见征尘中一面旗上写着"汉寿亭侯关云长"七个大字。刘备喜在心头，暗暗感谢上苍，不觉自语道："二弟果然在曹操营中！"想上前去相见，又怕众目睽睽之下多有不便，而且曹军不断拥来，只好收拾残军回去见袁绍。

曹操退了袁军，班师回返，连日举行宴会，大赏文臣武将，尤其一而再、再而三地为关羽庆功摆酒。这一日，宴席重开，酒过三巡，忽报汝南（今河南平舆北）有刘辟、龚都等一批流寇（流窜不定的土匪）作乱，大将曹洪每次征战都归失利，故请求丞相调拨精兵去救援。关羽听到这一报告，连忙走上前去，对曹操请战道："关某愿效犬马之劳，去破汝南贼寇。请丞相恩准。"曹操说："云长，你才立了大功，还未曾好好奖赏你，为何又要不避辛劳，率兵征战呢？"关羽其实是要趁出兵机会打听刘备下落，这当然不便明说，于是找出另一个原因来搪塞："关某是个闲不住的人，真要闲得久了，会把我憋出病来。所以愿意再跑一趟。"曹操无法拒绝，就点了五万兵马，并派于禁、乐进二人为副将随同关羽一起出征。次日关羽领兵一走，谋士荀彧提醒曹操："关云长时时抱着回归刘备的念头，假如得知了刘备消息，必定会立刻离开丞相。万万不可令他经常带军出征。"曹操听了点头称是，说道："这次收兵回来，我不会再让他出阵临敌了。"

关羽率五万兵马，浩浩荡荡开往汝南。到达汝南的那天，关羽令全军扎营安寨，准备第二天攻打汝南。当晚，哨卒在寨外抓住两个奸细，送进帐来。关羽一看，其中一个便是孙乾，不免大吃一惊。他连忙喝令左右随从全部退下，急切地与孙乾交谈起来。关羽问道："自徐州溃散，一向不曾听说先生踪影。今是从何而来？玄德兄现在哪里？"孙乾见问，自是一言难尽，悲喜交加，回答道："我从徐州逃出，漂泊到汝南，有幸被刘辟收留。最近才听说玄德公投在袁绍那里，想去投奔，又没有合适的机会。现在刘辟、龚都二人已被我说动，愿意来归顺玄德，所以助袁破曹，攻势甚猛。今日得知将军至此，刘、龚特令小卒带路，让我来报告将军，来日阵前诈输一场，好让将军立功回去。特此报告将军，望将军快快护送两位夫人与玄德公相见，请你们一同来汝南，再做长远打算。"孙乾停了停，生怕关羽归降曹操已经变心，于是又加上一句似是恭维又不是恭维的话："刘辟、龚都二人愿意献城归顺玄德，其实是对将军崇拜的缘故啊！"关羽听说玄德仍在袁绍那里，十分欣喜，就要连夜赶去与兄长会面，被孙乾劝住，说："将军连斩袁绍两员大将，若去恐怕多有不便。不如先让我去袁绍那里探个虚实，再来报告将军。"关羽一想，觉得孙乾说得有理，只得耐住性子，长叹一声："我能再见兄长一面，就是死了也值得！"接着，他又向孙乾，也是向自己表明了决心："此次回许都后，立即辞别曹操。请先生放心！"说完便送孙乾出寨。于禁、乐进二将见关羽与此人密谈又亲自送出，心里便猜到了一半。他们想问，又惧怕关羽神威，终究不敢张口。

第二天，关羽领兵出阵。对方阵前则是龚都。关羽假意骂道："你们这些人为何要反叛朝廷？还不早早受降，可免一死！"龚都亦虚张声势："你这个背主忘恩负义的人，怎么敢来指责别人？"关羽答道："我怎么是个忘恩负义的人？"龚都答："刘玄德今在袁绍那里，你不去相投，却归顺了曹操，这不是背主，不是忘恩负义又是什么？""胡说八道！"关羽大骂一声，拍马抡刀冲出阵前。龚都抵挡不住，掉头便跑，关羽纵马紧紧追赶。跑到僻静处，龚都回头悄悄告诉关羽："故主之恩，将军万不可忘。速与玄德同来，我等甘愿让出汝南。"关羽会意，于是放走龚都，只招呼军马乘势追杀。刘、龚二人装作大败，放弃了城池，四散逃开了。

关羽率军入城，安抚百姓。诸事一一办妥，然后回到许都。曹操亲自出城迎接，一边犒赏军士，一边为关羽摆酒洗尘。

宴罢，关羽回家，先去内院参拜两位嫂嫂。甘夫人问道："叔叔两次出军，可得到皇叔音信？"关羽掩饰道："还没打听到。"说完就回外院去了。没想到两位夫人以为皇叔已死，关羽不忍告诉她们，却在房内痛哭起来，哭得十分悲伤，连绵不绝。一个随同关羽出征的老兵，听得内院哭声，就在外面劝道："夫人不要啼哭，主公现在河北袁绍处。"两位夫人异口同声，急问："你是怎么知道的？"老兵回禀道："随关将军出征，在阵上听人说的。"二位夫人急忙唤来关羽，责备道："皇叔未曾有对不起你的地方。你现在得了曹操的好处，便忘掉往日的兄弟情义，为什么不把皇叔还活着的实情告诉我们？二叔想贪图荣华富贵，不如将我俩杀了，以免连累二叔。请不要把什么事都瞒着我们！"关羽听了，一阵委屈与伤感同时涌上心头，他急忙拜跪在地，眼泪顺着脸颊直往下滴。过了一会儿，他才忍住内心的悲痛，说道："兄长确实在袁绍那里。我之所以不敢让嫂嫂知道，是怕走漏风声。寻兄的事还得慢慢打算，着急是不行的。"甘夫人一边道歉，一边催促道："二叔应该抓紧，要是慢慢来的话，可把我们姐妹愁死了。"关羽答应一声，便退回到外院。自此盘算着离开的计策，整天坐立不安，茶饭不思。

却说曹操已从大将于禁那里知道了刘备在河北的消息，便令张辽来探寻关羽的意向。这一天，关羽正为无计可施而发闷，突然见张辽进来祝贺："听说兄长此番在阵上，已获悉玄德音信，特来贺喜。"关羽却有一腔说不出的苦衷，回答道："尚未见到主公，哪有什么喜可言呢？"张辽问："现今玄德在河北袁绍处，兄是否就去相投？"关羽毫不迟疑，斩钉截铁地回答："我过去说的话，怎么能够背弃呢？我当即去投靠我的主公。敬请文远把我的心意转达给丞相。隔日我将亲自去丞相府，向曹丞相辞行。"

张辽一走，关羽又考虑起如何离开的事来。忽然听到报告，说是有老朋友相访。关羽忙命请入。一见面，却不认识，关羽便问："先生是什么人？"那人回答说是袁绍部下，名叫陈震。关羽大吃一惊，忙令左右退下，再问道："先生此番前来，一定有

什么事吧？"陈震掏出一封信，递给关羽。关羽急忙看起来，原来是刘备写来的书信。信中回顾了桃园结义的情况，由此责备关羽为图功名富贵而割断兄弟情义。关羽匆匆把信看完，不觉已是泪流满面，他哭着说道："并不是我不想去投兄长啊，只是因为不知道兄长在哪里。我怎么会报效曹操而追求荣华富贵呢？"说着，仍是泪如雨下。陈震在旁边见了，很受感动，便说："玄德盼望将军，也是常常泪水涟涟。将军既不忘兄弟情义，为何不快去投奔玄德呢？"关羽回答："一个人做事必须善始善终，否则就不能算作君子。我降曹降得明白，离曹也要离得明白。曹操过去既已答应我的三个要求，今天我已立功三件报答他的恩德。我是可以离去，也应该离去了。待我当面辞了曹操，就奉送两位嫂嫂去见兄长。今先写一短信，请先生带给我兄，让他放心。"陈震问道："假如曹操不放将军离开，那又怎么办？"关羽凛然答道："我宁可死了，也不会留在这个地方的！"

第二天，关羽便命随从收拾行李，做好出发的准备；自己则跨上赤兔马，去曹操那儿辞行。

心念旧主，金帛官禄不动其心

　　关羽的人品武艺，深受曹操钦佩喜爱，曹操希望能留住关羽，为自己效力。然而，尽管曹操煞费苦心、百般笼络，关羽终究不为美女财宝、高官厚禄所动，丝毫也没有改变投奔刘备的决心，弄得曹操亦无计可施，只得耐着性子，等待奇迹出现。近日曹操得知关羽已获刘备消息，知其必来告辞，就命令随从在府门挂上回避牌：来客一律不见。这是为何？原来曹操左右为难，有难言的苦衷。同意关羽离去吧，这样的将才放走了，实在是可惜，于心何忍；不同意吧，却又违背了事前许下的诺言，在关羽乃至世人面前留下个有负信义的坏名声，那可是万万做不得的。"避而不见是上策"，曹操寻思着："我对关羽有恩，关羽是个知恩必报、最讲义气的人，总不至于不辞而别吧？先拖几天，再想办法留住他。"

　　第二天，曹操便召集众谋士将领来府商议。众人七嘴八舌，议论纷纷，提出的建议都不能使曹操满意。正在为难，忽见一士卒匆匆走上堂来禀报说关羽将军差人送来书信一封。曹操接过书信，急忙读了起来。只见上面写道：

关羽年轻时即效力于刘皇叔，立下了生死与共、矢志不渝（shǐ zhì bù yú，表示永远不变心）的誓言。对此，假如天地有知，也一定都听说过。当初下邳失守被困时，我曾提出三件事，有幸得到丞相的一一应允，才肯暂居在丞相军中。现在我探听到旧主刘备投在袁绍那里，怎么能不立即前往投奔，而有悖过去立下的盟誓？丞相待我恩德俱重，关羽我心中十分感激，然而我更难忘我与刘皇叔结下的手足之情。特此致书告辞，尚祈丞相明察。对于丞相的大恩大德，关羽未能一一报答，只好留待日后再来补报。

匆匆读完书信，曹操不禁大惊失色，连声叹息："云长离我而去了，云长离我而去了！"

就在这时，看守北门的一个士兵气喘吁吁地跑来报告："丞相大人，关羽押着车仗鞍马等计二十余人，闯出城门，朝着北边走了。我等惧其神威，不敢阻拦，还望……望丞相恕罪。"

话音刚落，又见一位老人前来禀报。原来是负责关羽宅邸杂务的总管，只听他不紧不慢地说："报告丞相，关羽从北门走了。临走前，关羽把丞相赠送的金银玉帛等物品全都整理清楚，封存妥当；十个美女则单独安顿在卧房里；汉寿亭侯金印悬挂在大堂之上；供其使用的随从仆人也全数留下，只带着原来的随从和自己的随身行李去了。"

曹操听了报告，一时失神，怔怔地半晌说不出话来。诸位文臣武将也感到大出意料之外，一个个不觉露出一副惊讶莫名、不可理解的神态。在曹操的部下中，除张辽、徐晃二将与关羽的交情较深自不必多说外，其余众将领也都敬重关羽的为人、佩服关

羽的武艺，所以听说关羽走了，只不过在心里暗暗称奇，或许更添一分对关羽的敬重与佩服，而嘴上却不便也不知道该说什么。只有老将蔡阳不自量力，向来不服关羽，以为关羽不过是徒有虚名，没什么了不起。丞相如此厚待，关羽却毫不买账，蔡阳颇为生气。如今一听说关羽竟不辞而别，他胸中的无名火"腾"地便往上直冒，当下跨步出列，挺身大叫道："末将愿率三千铁骑军，去活捉关羽，献予丞相！"

曹操被蔡阳的大喊大叫惊醒过来，觉得很不对味。于是面色一沉，十分严肃地说："关云长不忘旧主，来得光明磊落，走得磊落光明，真不愧为少有的大丈夫啊。你们都应当向他学习！"说完，一挥手，勒令蔡阳退下，不得妄自追赶关羽。

军令如山，由不得蔡阳胡来。心里虽不服，蔡阳却不敢再多说，只好闷闷退回，脸上仍是一副愤愤难平的样子。谋士程昱见此情形，略停了停，便走上前去向曹操劝谏："丞相对关羽可说是恩重如山。今天他却不辞而别，留下一张胡言乱语的小纸条，实在是对丞相大人的冒犯，罪过不小啊。假如丞相任由他离去而归顺袁绍，那无疑是为虎添翼（像老虎长了翅膀，形容强大的得到援助后更加强大，也形容凶恶的得到援助后更加凶恶），从而留下无尽的麻烦。既然关羽不肯效忠丞相，不如干脆追上去把他杀了，定能消除日后的祸害。"

曹操听了，连连摇头说："我过去已经答应的事，怎么能够反悔而失信于人呢？人各有志，各报其主，是勉强不来的。还是不去追赶的好。"

曹操想想，又对张辽说："云长挂印封金，别我而去，说明他的精神志向不是财物、高官厚禄所能动摇和改变的。这样的人我最是敬重。想来关羽这会儿还走得不远，我索性再送个人情。你不妨先赶去留住他，等我去为他送行，并且赠些路费和衣袍给他，也好为日后留下个纪念。"

张辽很感动，连忙道声"遵命"，便尽快牵来马匹，一脚蹬上马鞍，纵马向北门冲出。曹操亦赶紧起身，说道："各位将军，请随我一起去送送关云长。"带领数十人马随后而来。关羽一行出了城门，因为护送着两位嫂嫂的车仗，只得缓缓慢行。虽说得忍住性子慢走，但毕竟离开了度日如年的曹营，不久就能见到失散的兄长，想到这里，关羽心里又高兴又难过。忽然，背后传来一阵喊声："云长，云长！快停下，等等我。"

关羽回头一看，只见一骑飞驰而来，转眼便到眼前，原来是好友张辽。关羽吩咐车仗随从不要停留，照常赶路。自己则勒住赤兔马，按定青龙刀，不冷不热地向张辽问道："文远兄是不是想追我回去啊？"

张辽知道关羽误会了，急忙说："不是，不是。丞相得知关兄远行，要来相送，特派我来先请住大驾，并没有什么其他意思。"

可关羽不相信，高声说道："即便丞相率铁骑军来捉拿我，我也绝不回去。大不了，血战到底，不过一死而已！"说着，就在桥头停马横刀，挺身端坐，严阵以待（指做好充分的战斗准备，等待着敌人）。

不一会儿，只见曹操率领着几十人，拍马飞奔而来，不外是许褚、徐晃、于禁、李典等一班大将。曹操看见关羽横刀立马，一副迎战的架势雄踞桥上，于是急忙命令诸位大将勒住坐骑，离关羽远远地停下，左右两边依次排成一排。关羽一看，只见曹操等一批大将都空着手，并无兵器，迎战之心才稍稍放宽些。

"云长，怎么走得这样急促啊？"曹操问道。

关羽就在马上欠身还礼："以前我曾禀明丞相，只要一听到兄长的消息，就立即前往投奔。现在我听说皇叔落魄于袁绍军中，不由得我不急着去相见。临行前，我曾多次登门求见而不得，只好留信告辞，金银、官印等均封存妥当，一起奉还丞相。还望丞相不要忘了昔日许下的诺言。"

"哈哈哈……"曹操一阵大笑，说不出的懊悔与惋惜，口中却说："我曹孟德就是要使天下的人都信任我投靠我，我怎么愿意背弃诺言、出尔反尔呢？今日赶来，只是担心将军长途跋涉，不够开支，特地准备了些路费相送。"说着，只见一将催马走出几步，手上托着一盘黄金，呈到关羽面前。关羽拱手致谢，推辞不收："前些日子已多次受丞相赏赐，还剩下一些，足够路上对付得了。不如留下这些黄金犒赏将士吧！"

曹操说："这不过是我感激将军退敌大功的一点小意思，将军又何必推辞呢？"

关羽坚辞不收："区区小事，算不得什么，不劳丞相挂齿。"

曹操见关羽不肯收下馈赠，也不再勉强，只得苦笑一声："云长真不愧是闻名天下的忠义之人，只可惜我福分浅薄，留不住大驾。特赠锦袍一件，略表我敬重将军的真诚之心。"说着，命令一将下马，双手捧着锦袍，走到关羽的马前。

关羽见此，深为感动。又不敢下马接袍，怕其中有诈，于是就在马上用青龙刀尖轻轻一挑，将锦袍挑起披在身上，接着拨转马头，再回过身来拱手道谢："有幸得到丞相赏赐的锦袍，不胜感激，且待日后相见时再图报答。"说着，立即拍马冲下桥去，纵马朝北奔驰，一会儿就消失了踪影。

大将许褚愤愤不平，对曹操大声说："关羽对丞相太无礼了，为什么不抓住他？"

曹操却并不介意，甚是宽宏："关羽他一人一骑，孤单无助，我等好几十人，他怎么可能不存有疑心而多加戒备呢？我既已答应了他，你们都不要再去追赶了。"说罢，便领着众人回城，想起关羽的为人处世、忠肝义胆，曹操不禁一路叹息不止。

关羽骑在赤兔马上，纵开四蹄，一路紧赶，不多久，估计已跑出了三十里开外，却仍没见着嫂子们的车仗，不禁有点着急："该不会出了什么岔子吧？"于是，催着赤兔马四下里寻找，心情越来越焦躁不安。忽然，听见一人高声呼喊："关将军，关将军！"

关羽抬头一看，只见一位穿着锦缎衣、扎着黄巾的少年，骑马持枪，马脖子上挂一颗人头，带着百余名部从，从山头上飞奔而下。快到跟前，那少年急忙丢掉手中的枪，滚鞍下马，紧走几步，一下子拜倒在关羽马前。

"你是什么人？"关羽担心有诈，并不去扶那少年，而是勒住赤兔马，握紧青龙刀，接着问道："小伙子，请问你的姓名？"

那少年抬起头，拱手胸前，恭恭敬敬地回答："我原来是襄阳（今湖北襄阳北）人，姓廖名化，字无俭。只因世道黑暗、战乱频仍而流落江湖。聚集了五百余人，占山为王，专以打家劫舍为生。刚才同伴杜远下山巡查，误把两位夫人劫持上山。我问了将军的随从，才知道两位是汉室宗亲刘皇叔的夫人，同时也才知道是关将军护送到此。弄清原委，我立即打算送两位夫人下山；可杜远不答应，还说些无礼的话来，结果被我杀了。现在我取下杜远的头来请罪，求将军息怒。"说完，连连磕头。

关羽一听，更是着急，连忙打听两位嫂嫂的下落。廖化答道："就在山上。"关羽命令快快送下山来。

廖化领命转回山去，不一会儿，就领着百余人，簇拥着车仗走下山来。关羽一见，急忙下马立刀，迎上前去，在两位嫂夫人面前低头拱手，请安问候："两位嫂嫂受惊了吧？"

两位夫人异口同声："若不是廖将军救护，早被杜远那贼欺辱了。"关羽又问左右随从，廖化是怎样救夫人的？左右随从回答："杜远劫持两位夫人上山，就要与廖化各霸一人作为压寨夫人。廖化问明身份和事情的来龙去脉，对两位夫人非常恭敬，便要送夫人下山，可杜远不答应，廖化就把他给杀了。"

听到这里，关羽才完全弄清其中的缘由，不禁对廖化肃然起敬，于是一腿半跪、双手一个抱拳，朗声说道："谢谢壮士相救！"

廖化连忙还礼，连声回答："不敢当，不敢当。"接着又说："将军人少，路上多有不便，让小人带部下跟随将军，一起护送夫人。鞍前马后，小人愿为将军效劳。"

关羽心里一动，有这样真诚、豪爽的人相随当然是好事，可一想到廖化毕竟是黄巾军的余党，是不能作为同伴随行的，于是婉言谢绝了。

廖化要送关羽金银财物，也被关羽谢绝了。廖化知道关羽是说一不二的，也就不再坚持，只好就此告别，带着他的部下仍回山上去了。

等廖化一行人马走过，关羽才把曹操送行赠袍的事情禀告两位嫂嫂知道，两位夫人亦不免感叹一番。关羽吩咐手下随从，整顿好车仗，抓紧赶路，不要再耽搁。

经过这一番折腾，确实耽误了不少行程。走不多久，天又渐渐昏暗下来。关羽一行正在焦急之时，只见前面不远处有一村庄隐隐约约地掩映在暮色之中。关羽不禁大喜，大刀一指："诸位努力，赶到前面借宿。"

左右随从精神顿时为之一振，奋力推车赶路，不一会儿就来到村庄跟前。一随从上前轻轻地把庄门一敲，只见庄门一开，走出一位头发、胡须都已花白的老人。一见关羽一行，老人便问道："请问将军尊姓大名？"关羽双手抱拳，弯腰施礼，回答道："我就是刘玄德的结拜兄弟关云长。""莫不是斩颜良、文丑的关公？""正是在下。"

　　老人一听，十分高兴，便请关羽进庄。关羽说："还有两位夫人在车上。"老人便叫自己的妻子、女儿出来迎接两位夫人。大家一起来到客厅，关羽却不落座，而是两手叉腰，恭恭敬敬地站在两位夫人的身旁。老人甚是奇怪，忙请关羽入座。关羽回答："两位嫂嫂在上，不敢随便坐下。"老人恍然大悟，连说自己糊涂，于是吩咐妻女请两位夫人到内室，另设一席款待。自己就在客厅里设宴招待关羽。席间，关羽问起老人姓名身世，才知道老人姓胡名华，曾在桓帝掌朝时做过官，后告老还乡。关羽闻之很是敬佩，连向老人敬酒三杯。老人亦把关羽视为知己，托付道："我有个儿子叫胡班，现在荥阳太守王植部下做事。将军假如经过那里，请帮我带封信去。"关羽很高兴地答应下来。

　　第二天，吃过早饭，关羽招呼两位嫂嫂上车，从老人手中拿过给胡班的信，然后道谢告辞，踏上了通往洛阳的大道。

寻主心切，何惧千里之遥

· · · ·

关羽辞了胡华，护着车仗，直奔洛阳。走了不久，道路渐渐变得崎岖狭小，甚是难走。两位夫人坐在车上，颠簸得厉害，只想呕吐，又吐不出来，只能咬着牙，默默地忍受。关羽虽没听见两位嫂嫂的呻吟，但他心里明白。于是不断地招呼赶车仗的随从小心再小心，尽可能把车赶得平稳再平稳。这样走了两个时辰，突然前面出现了一座关隘。一打听，才知道这关叫东岭关。守关将领姓孔名秀，有五百兵士。关羽略一沉思，便叫车仗随后跟上，自己则一拍赤兔马，先一步纵上岭去。

关羽纵马来到岭上，见一座关楼架在两山之间，显得十分巍峨挺拔。再看两边，全是崇山峻岭，杂草丛生，不见一条道路。关羽正在观望，关上守卒已报告孔秀。孔秀一听有人要过关，便提着剑出关盘查。这人官不大，架子可不小，见了关羽，就盛气凌人地喊道："快快下马，接受检查。"关羽倒很干脆，立即跨下马来，很有礼貌地对孔秀施了一礼。孔秀见关羽气宇轩昂（形容人精力充沛，风度不凡），却礼貌周到，口气便温和了一些，但仍是一副官腔："将军请报姓名，要去哪里？"关羽答道："在下姓关名羽，在汉朝官封汉寿亭侯，现辞别曹丞相，专程去河北寻找我的兄长刘玄德。"孔秀一听是大名鼎鼎的关羽，心里便有了几分崇敬，但并不因此放行，而是公事公办，一点也不含糊，说："河北袁绍，正是曹丞相的死对头。将军要去那里，一定有过关批文。"关羽心里一惊，忙解释道："因为走得太匆忙，没顾得上向曹丞相要过关公文。""既然没有公文，那么请将军暂且在关里住下。等我差人禀报丞相之后，才可放将军过关去。"关羽寻兄心切，哪里有那个耐心？却忍着气，回答："等你去禀报，岂不耽误了我的行程？"孔秀官腔打得更足了："一日不报，就住一日；一年不报，就住三百六十五日。你就慢慢在这里等着好了。"忍了半天的关羽再也忍不住了，他愤怒地说："你为何这样欺侮人啊？"孔秀也来了气，高声道："过关要公文是制度，怎能马虎？如今世道纷乱，龙争虎斗，假如没有公文，谁也不许过去！不要以为你是个英雄就可特殊！"关羽逼问一声："你果真不放我等过去？"孔秀强硬地说："你要过去也可以，但须留下老小车仗做抵押。"关羽一听，怒不可遏，挥刀就砍孔秀。孔秀急忙后退，把关门紧紧闭上。

关羽见孔秀闭关而去，心中焦躁不安，寻思着如何才能过关。没料到，一阵鼓响，几百名兵士一个个手执兵器，全副武装地冲下关来，分两排站好。最后，只见孔秀一身铠甲，骑马提枪，走出关门，厉声喝道："关云长，你敢过关吗？"关羽一见这副架势，心中不禁冷笑一声："想动武，好极了，关某慢慢奉陪。"于是他不慌不忙将已到跟前的车仗往后送了送，然后拨转马头，一声不吭，挥刀直取孔秀。不知天高地厚的孔秀仗着人多，又是以逸待劳，挺枪就迎。可笑那枪还没挺直，关羽已马到刀到，就这么一刀，就把孔秀斩下马来，顿时一命呜呼。

众军士见关羽如此神勇，吓得便往关内奔逃。关羽喊道："众军士不要跑。我杀孔秀是不得已，与你们没关系，你们不必害怕。"众军士一听，都一起跪倒在关羽马前，连喊："将军饶命！""谢将军不杀之恩！"关羽一招手，随从们驾着车仗从众军士面前走过，出关而去。关羽这才一拍马，纵蹄奔出东岭关。

出了东岭关，道路变得平坦宽敞起来。然而关羽的心情却越发沉重了。他下定决心：谁阻拦，就让谁尝尝我青龙偃月刀的厉害！

却说洛阳太守韩福，已得到了军士的报告，知道关羽要护嫂过关。韩福急忙召集将士商议，如何处理这件事。手下偏将孟坦说："关羽既然没有丞相公文，就属于私自逃走。我们若不加阻挡，必定吃罪不起。"韩福也是这个心思，但素知关羽武艺过人，便授意道："关羽勇猛，我等不是他的对手。颜良、文丑那样的大将尚且被他杀了，只可设计捉他。"孟坦便提议："先用木栏等障碍物拦住关口。等关羽到时，小将引兵同他交战，太守在高处用暗箭射他。四下里埋伏些士兵，等他中箭坠马，即可活捉。然后押解许都，必得重赏。"韩福认为此计甚妙，于是开始安排、行动。

忽报关羽一行已到关下。韩福带一千人马下关，排列在关口两边。旗号林立，刀枪密布，那架势就像如临大敌一样。关羽见了，不动声色，且看你怎么办。只见韩福弯弓插箭，立马挥鞭，明知故问："来的是什么人啊？"关羽在马上躬身施礼，回道："我是汉寿亭侯关羽，想借此关一过。"韩福又问："有没有丞相公文？"关羽又回："事情太急，没来得及办。"韩福陡然变了色，厉声喝道："我奉丞相钧命，在此镇守古都，专门盘查往来奸细密探。你既然没有公文为凭，就属于宵逃一类！"关羽以牙还牙，大怒道："东岭关孔秀无理阻拦，已被我斩了。你等也想找死吗？"韩福叫道："谁来为我捉住关羽？"话音刚落，孟坦便依计出马，挥舞两把弯刀来战关羽。关羽仍先护车仗往后退，然后拍马迎敌。孟坦并不敢直与关羽交锋，不过虚晃一刀，便跑开去；如此跑了三个回合，就拨转马头，往关内奔逃。

孟坦是想引诱关羽面对关门，好让韩福施放冷箭，哪曾想到关羽所骑是赤兔名马，奔若疾风，还没跑几步就被赶上。关羽看得真切，照着孟坦脑后便是一刀，将孟坦斩为两段。关羽收刀勒马，恰待回头，正在这时，已脱身躲在关门边的韩福，弯弓搭箭，瞅准机会，朝关羽尽力放了一箭。关羽不曾提防，乱中又没听到箭响，那箭"嗖"的一声射中他的左臂。关羽见韩福用这种卑鄙的手段害他，怒冲云霄。他用嘴拔出箭，不顾鲜血淋漓，便拍马直奔韩福。四下兵士见关羽马到，根本不敢挡，就像潮水一样往后退去，把韩福托出阵来。等韩福醒悟过来，想纵马逃跑已经来不及了。关羽奔到韩福马前，手起一刀，就像切西瓜那般轻松利落，将韩福连头带肩斩于马下。然后关羽乘势掩杀，把众军士全数杀退。关羽拨回马来，不再追杀。他立马扼住洛阳关，招呼车仗快速通过。他担心一路上遭人暗害，不敢多耽搁，连夜奔汜水关（今河南荥阳西北部 16 公里的汜水镇境内）来。

到了汜水关，关羽不禁为过关又发起愁来。正在寻思，只见关门大开，守关将卞喜满面笑容地迎出关来。关羽见他热情迎接，心里倒有点过意不去，连忙下马施礼相见。只见那卞喜客客气气地说："将军威名传颂天下，谁不仰慕敬重。今天归投皇叔，实是大忠大义之举，在下佩服、佩服。"关羽将杀孔秀、韩福、孟坦的事诉说一遍。最后说："关某这么做，实在是迫不得已，还望将军代向丞相做些解释。"卞喜满口答应："我如见到丞相，一定为将军禀明其中委屈难处。那几个家伙太不知趣，将军杀得好。"关羽见这个人善解人意，十分高兴，于是在卞喜的陪同下上马入关。

一行人马过了汜水关，来到一座寺庙前。这寺名叫镇国寺，住着三十多名和尚，其中的长老是关羽的同乡，法名普净。见卞喜引着关羽来到，普净急忙走向前来，与关羽施礼问好。关羽连忙还礼，只听普净长老问道："将军还认得贫僧吗？贫僧与将军是同乡，两家只隔一条河。"关羽没想到离家这么多年，竟能在这里遇上同乡，既是高兴又是激动，端详一会儿，只得回答："在下离乡多年，已认不出高僧了。"普净又问："将军离乡多少年了？"关羽无限感慨，叹道："将近二十年了。"卞喜见普净与关羽说个没完，像是不耐烦似的，呵斥道："我要请关将军赴宴。你这老僧怎么不知好歹，哪来这么多话要说？"关羽连忙说道："不要紧，不要紧。老乡亲相见，怎么能不叙叙旧日情谊呢？"卞喜也就不再坚持，只好坐立不安地看着净普招呼着关羽。普净请求道："贫僧与将军多年不见，今日相聚他乡，实是难得，请将军到贫僧房内饮杯清茶，稍叙片刻。"关羽当然高兴，但并没忘掉坐在车上的两位嫂嫂，于是说道："两位嫂嫂尚在车上，请长老先送两杯茶去。"普净便命寺里小僧沏了两杯清茶去先敬二位夫人，然后才请关羽一同进寺。

入得寺来，普净请关羽坐下，小僧奉上香茶，二人边品边谈，甚是投机，不觉已过去了半个多钟头。正在这时，卞喜进来催促，道是酒席已在大堂上备好，请关将军即刻过去，说完走出房门等候。关羽于是起身，拱手施礼道："谢谢长老香茶，在下暂且告辞。"普净连忙回礼，送关羽到门口，紧紧握住关羽双手，暗暗用劲捏了几捏，眼睛又朝大堂方向望望。关羽先是奇怪，继而恍然大悟。他也用手捏捏普净的手，转身走出房门。关羽已知有诈，但不动声色，只是悄悄唤随从扛着大刀跟在身后，寸步不离。心想，看你卞喜能捣出什么鬼来！

原来这个卞喜早在大堂内埋伏了两百多名刀斧手，商定请关羽来此喝酒，以他摔酒杯为号，众人一起拥出来杀关羽。这时，卞喜见关羽跟随而来，身后只有一随从扛把大刀，心中不免暗暗高兴。心想关羽离了战马，驰骋不得，大堂内刀斧手蜂拥而上，关羽可就没了用武之地，还不束手就擒（捆起手来由人捉拿，形容因无法脱逃或无力反抗而甘愿被擒获）？这么想着，他的脸上又堆出笑容来，殷勤地说声"请"，便与关羽一同迈进大堂。

关羽走进大堂大声喝道："卞将军宴请关某，是好意还是歹意啊？"卞喜做贼心虚，结结巴巴地掩饰道："怎么不是好意呢？"关羽怒气冲天，从随从手中接过大刀，大骂一声："你这无耻小人，竟敢设计害我！"说着，挥刀向卞喜砍去。卞喜见事情败露，边跑边大叫："快快下手！"埋伏四周的刀斧手见关羽魁梧勇猛，威风凛凛，大多不敢动手，只有几个胆子大的不知死活地冲出来，却被关羽一刀一个，斩首地上。其他人看到这般下场，谁还敢动？卞喜见无人再敌关羽，急忙跑出堂去，绕着廊柱躲来躲去，并取下一对流星锤，向关羽打来。关羽架开飞锤，大步赶上，卞喜又往柱后闪躲，惹得关羽兴起，大发神威，用劲一刀，连柱带人一下砍为两截。然后急忙跑出寺门，去救两位夫人。只见两位夫人车仗被一群军士围住，大概是在等堂内杀了关羽然后回返。关羽大喝一声："快快闪离车仗，否则大刀不容！"那些士兵见出来的是关羽而不是卞喜，于是一哄而散，四下逃命去了。

关羽来到车仗前，连忙问候："嫂嫂受惊了！"甘夫人揭开车帘说："二叔，我们还是早点离开这是非之地吧！"关羽答应一声，遂与普净长老告辞，万分感激地说道："若不是大师相助，在下已被此贼害了。请受在下一拜！"说着便向普净躬身施礼，然后提刀上马，护着车仗，又踏上了漫漫长途。

武艺超群，过五关斩六将

关羽辞别普净长老，护着车仗，前往荥阳（今河南荥阳北）。一路紧走慢赶，不敢懈怠，顶着风沙、疲劳，不日来到荥阳城下。

把守关口的士卒见关羽一行来到关前，问明姓名，急去禀报太守。太守名叫王植，接到报告立即出城迎接。关羽以礼还礼，然后便将护嫂寻兄、北行过关的意思说知王植。王植满面春风，连声赞叹："将军真乃忠义之人！"接着又殷勤相邀："将军奔波一天，夫人一天劳困，辛苦之至！况且天色已晚，不如暂且入城安歇一宿，明日一早上路不迟。"关羽本不打算进城的，现见王植殷勤热情，话也说得在理，就不再推辞，遂请二位嫂嫂入城。

关羽一行在王植陪同下，来到城内，进了旅馆。见关羽把两位嫂嫂安顿完毕，王植又请道："府内略备薄酒，请将军前往一饮。"关羽才上了一次当，得了教训，见王植又是请喝酒，心中

就多了根弦，当下推辞道："两位尊嫂在上，关某不便饮酒。"王植再三邀请，关羽毫不松口，坚决不愿外出赴宴。见请不动关羽，王植只好自己找台阶下，说道："既然将军不便外出，那我就让人把酒菜给将军送来。"关羽很有礼貌地回答："那可太麻烦大人了。"王植告辞出来，不一会儿，果然见一士兵挑着一担酒进来。关羽即命随从先送给夫人食用，然后自己才随便用了些。吃过晚饭，关羽唤来随从吩咐道："喂好马匹，早些安歇。明日一早上路。"随从答应一声，转身出去。关羽解开盔甲，伸伸腿脚，拿起一本书，就着油灯，入神地阅读起来。

却说那王植的确没安好心。他与洛阳太守韩福是儿女亲家，交情自然非同一般。关羽才杀了韩福，韩福的家人就先来荥阳通报了，于是设下计来要害关羽。王植从旅馆出来，便悄悄地唤来部下胡班布置："关羽背着丞相潜逃，一路上又杀害太守及守关将领，罪责不小，处死也还嫌便宜了他。这人武艺高强，不是一般人所能够抵挡的，只能用计取他。你今晚带一千人马，把旅馆团团围住。每人一个火把，到二更时四面一起点火，不论是谁，全部烧死。到时我亲率一千军马来接应。"

胡班领了将令，准备干柴等引火之物，一千士兵每人拿一支火把。准备妥当，胡班便指挥士兵开往旅馆，四下围定，将柴草等易燃物沿着墙根依次排放，只等半夜屋内人都睡熟时，便好放火。当下胡班将一切准备完毕，无事可干，心中不禁想道："我早就听说关羽神勇异常，人也长得相貌堂堂，不如趁现在没事，悄悄进去看看，瞧瞧这英雄到底是个什么模样。"

于是胡班走进旅馆，只见关羽正襟危坐，右手持书，左手托髯，像尊雕像似的，一动不动坐在茶几前看书。胡班看到这样一幅情景，惊讶不已，仰慕、敬佩之情不由得从心底油然升起，不觉脱口赞道："真是个神人啊！"

关羽正看得入神，忽听门外有人说话，就问："门外是什么人？"胡班不便再躲，于是推门进去，叩拜在地，恭恭敬敬地回道："小人是荥阳太守部下胡班。"关羽听是胡班，忙又追问："莫不是许都城外胡华的儿子？"胡班回答："胡华就是我的父亲。"关羽就命随从在行李中拿出胡华的信交给胡班。胡班手捧父信，倍感亲切，连忙拆开阅读。一读完，胡班感叹不已，说道："差点误害好人啊！"于是走上一步，靠近关羽，悄悄地说："王植心怀不仁，要害将军，已在屋外安排了一千支火把，二更时放火。胡班现去打开城门，请将军赶快收拾车仗行李连夜出城。"关羽大吃一惊，急忙命令随从收拾东西，请两位夫人上车。关羽看见许多军士拿着火把，躲在墙脚边。关羽催促随从快走，来到城边，只见城门早已打开，胡班站在那儿等着。关羽见嫂子车仗出了城门，感激地对胡班施了一礼，拜谢而去。

关羽纵马赶上车仗，心里仍是惊叹不已。回头看看，只见城内火光冲天。显然是胡班在敷衍王植之命。关羽不禁为胡班担起心来，心情有些沉重。忽听背后马蹄阵阵，有人大喊："关羽别跑！快快下马！"关羽见是王植领兵追来，不觉怒火中烧。他让车仗继续赶路，自己则勒住赤兔马，两眼盯住王植，那目光就像两股利剑，大骂道："匹夫小人！我与你素无仇怨，却为何派人放火烧我？"王植大叫："不是胡班通风报信，你岂能逃走？胡班已被我杀了，现来取你性命。"说着，挺枪拍马，照着关羽胸口刺来。关羽一听胡班被杀，心底一阵难受，顿时化为冲天怒气。他把王植拦腰砍为两段，滚下马去。那些军士们见太守毙命，吓得魂不附体，扭头就跑。关羽亦不追赶。他憎恶地看着王植尸首，心里默默念道："胡班将领，瞑目吧！关某为你报仇了！"然后一转马头，去赶车仗。

一夜紧行，关羽护着车仗来到了滑州（今河南滑县）地界。

守兵忙去报告太守刘延。刘延得报，立即带着几十骑兵出城迎接。关羽见刘延亲来，就在马上欠身施礼，问候道："太守近来还好吗？"刘延致谢，然后问道："将军这是打算去哪里？"关羽答："辞别曹丞相，去寻找我的兄长。"刘延像是了解刘备的一些情况，说："玄德在袁绍那儿。而袁绍是丞相的仇人，怎么会容许将军前往？"关羽解释："这是我过去曾和丞相说好的事。"刘延又说："虽是如此，但如今黄河上的渡口关隘，是由夏侯惇部下将领秦琪把守，只怕是不会让将军过去的。"关羽就想从刘延这儿弄船过黄河，于是问道："作为太守，调拨几只船总可以的吧？"刘延吓得连忙拒绝："船只是有一些，但我却不敢调用。"关羽一听气又来了，便说："关某前不久诛颜良、杀文丑，也曾为太守解危助难。今日我不过求你拨些渡船而尚且不肯，这是什么道理？"刘延结结巴巴地说："我怕夏侯将军知道，到时吃罪不起。"关羽见刘延那一副懦弱无用的样子，就不再同他多说，自己跃上赤兔马，撇下刘延就走了。

不一会儿，来到黄河边上的秦琪营寨。秦琪率军出寨，盛气凌人地问："来的是什么人？"关羽回道："我是汉寿亭侯关羽。"秦琪又问："如今打算去哪里？"关羽又回答："打算到河北去寻找我的兄长刘皇叔，故特地来借渡河船只。"秦琪见关羽要渡河，就查问："有没有丞相公文？"关羽见又是那一套，就没好气，说道："我又不受丞相管辖，要什么公文？"秦琪大声嚷起来："我奉夏侯将军命令，把守渡口，若无丞相公文，你便插上翅膀，也飞不过去！"关羽听秦琪说出这般无礼大话，怒火中烧。秦琪不知天高地厚，猖狂地说："你只能杀杀那些无名小将，胆敢同我斗上一斗吗？"关羽大怒，喝道："你的武功可能胜过颜良、文丑？"秦琪恼羞成怒，提刀纵马，向关羽冲来，关羽催动赤兔马，挥刀迎了上去。只一个回合，关羽的青龙刀便把这个口出狂言的家伙斩了。关羽勒住马，收起刀，对那些吓得战战兢

兢（zhàn zhàn jīng jīng，形容因为害怕而微微发抖的样子）的军士们喊道："阻挡我的人已被我杀了。众位不必害怕，我不会为难你们。你们快快准备船只，送我过河。"众军士有谁还敢反抗？！只得老老实实划过两只渡船靠岸。关羽命随从将马匹、车仗拉上一只船，然后护着嫂嫂上了另一只船。那些军士眼睁睁看着关羽渡过了黄河。

过了黄河往北，就是袁绍的地盘。关羽坐在马上，回想这一路而来，过五关斩六将，不禁叹息道："关某不想沿路杀人，无奈事不由己啊！曹操知道了，必然恨我，还以为我是个无仁无义的人。"正想着，忽然见前面一马飞奔而来，马上人大喊："云长停住！"关羽勒住马，见来人是孙乾，十分高兴，忙问道："汝南一别，近来可有什么消息？"孙乾马上回礼，并将来此的事由一一告诉关羽。

原来，关羽离开汝南之后，刘辟、龚都派孙乾前去河北，想同袁绍结盟，请刘备去汝南商量破曹良策。不料袁绍迟疑不决，手下众多将领、谋士互相猜忌，各怀心思。见了这种局面，刘备与孙乾决议，不如离开袁绍。三日前，刘备去汝南会合刘辟，让孙乾来迎关羽，怕关羽不知道而被袁绍陷害。孙乾最后说："将军如今还是去汝南与皇叔相会。"

关羽答应一声，于是带孙乾拜见两位夫人。两位夫人急忙询问刘备情况，孙乾大致叙述了一番，提起了因关羽斩颜良、杀文丑，袁绍两次气得要杀刘备的事，催促道："皇叔如今有幸脱身去了汝南，关将军应快快动身前去相聚。"两位夫人听了，不免伤感得掉下泪来。关羽不再北行，而是回渡黄河，与孙乾一道，护着车仗，朝汝南进发。

劫后重逢，兄弟情深似海

　　关羽保着车仗，往汝南而来。有了孙乾做伴，一路上两马并肩而行，说说话，谈谈心，扫除了行程中不少寂寞，时间似乎过得快了，人也不像往常那样劳累。

　　这一日，关羽与孙乾说着话，不觉已走出了三十多里，来到一个荒僻的地方。这地方前不着村，后不着店，十分荒凉僻静。忽然，只见前面山沟里跑出两匹马来，后面还跟着一百多人，一个个手执兵器。看看走近，领头一人在马上大声喊道："我是黄巾军大将裴元绍！来人快快留下赤兔马，便放你等过去，否则，就留下性命。"

　　关羽见这人拦路打劫，口出狂言，不觉失声大笑，说道："狂妄小人！你既是黄巾军之人，难道没听说过刘备、关羽、张飞兄弟三人的大名吗？"那人见关羽大笑，又听他这么一说，十分奇怪，口中语气也平和很多："我只听说过关云长的大名，说是长得红面长髯，却从来不曾见过面。你是什么人？"关羽见他一提到刘、关、张的大名，态度就来了个一百八十度大转弯，便知不是一般的强盗，于是搁下青龙刀，解开护髯袋，露出那一副潇洒飘逸的长髯。原来关羽须髯过长，容易折断，尤其是秋冬时节更容易脱落，所以用一袋子护住。当时降汉面见献帝时，献帝曾命关羽解袋观看，并赞称关羽为"美髯公"。

那人一见，立即滚鞍下马，跑向一边，把另一匹马上的人一把揪下来，摔倒在关羽马下。关羽仔细一看，原来是昨晚投宿的姓郭人家的儿子。关羽便问那人姓名，只听回答："我叫作裴元绍。黄巾军被官军打败以后，我无处投身，只好暂且藏伏在这里，干些劫富济贫的营生，从不坑害贫苦百姓。今天一大早，这小子来报告，说是有一客人昨晚住在他家，骑一匹千里马，叫我来强夺宝马。没想到却是关爷爷，真是冒犯。这小子该死，不妨杀了以报关将军。"关羽是征战之人，最爱良马。见这小子竟想夺他爱物，真想一刀斩了。可一想到这小子的父亲对自己真诚款待和尊敬，又动了恻隐之心（cè yǐn zhī xīn，形容对苦难的人表示同情），便说道："看在你父亲的面上饶了你。今后应该改邪归正，好好做人。"那小子连连磕头，感谢不杀之恩，然后起身逃窜而去。

关羽又问裴元绍："你不认得我，怎么知道我的名字？"裴元绍回答："离这地方二十里有座卧牛山，山上住一关西人，姓周名仓，一脸络腮胡子，长得十分魁伟，两臂有千斤之力。原也是黄巾军人。是他曾与我说过将军大名，只恨无缘相见。"正说着，远远看见来了一支人马。裴元绍告诉关羽："来的一定是周仓。"

不一会儿，人马来到跟前，果然是周仓。那周仓见了关羽，二话不说，就像见了佛神一样，慌忙下马，跪倒在路旁。关羽见

有这种崇拜者，心中自是得意，当下问道："壮士是在什么地方认识关某人的？"周仓答："小人曾在阵上见过将军挥刀冲杀的雄姿，当时实在是敬佩、向往之至，只可惜一直没那缘分。今日天赐良机，能够拜见将军，请将军收留我做个马前卒，只要将军肯收留我，不论做什么，周仓就是死了也心甘情愿！"关羽见周仓如此恭敬、豪爽，便有几分喜爱，就问："你愿跟随我，那你手下的人怎么办呢？"周仓似乎早已想过，爽快回道："听其自然，愿意随我投将军的就留下，不愿意相随的自可离去。"说完，扭过身去，大声向他的部下问道："你们愿意跟我一起追随关将军吗？"众人齐声回答："愿意！"

关羽十分高兴，下马来到车仗前，将这事禀告两位嫂嫂。甘夫人说："二叔自从离开许都，独行千里至此，经历了千辛万苦，都没有要军马相随。前面的廖化要投，被将军拒绝了，今日却要收留周仓，恐怕会遭人议论。我等女流之见，望二叔妥善处理。"关羽恭敬回道："尊嫂说得对。"于是回来对周仓说："并不是关某无情寡义，实是两位夫人不允许。你们先回山中暂住一时，等我找到兄长，一定来招你们入军。"周仓见被拒绝，连忙磕头，拜了又拜，哀求道："周仓不过是个粗鲁武夫，失身山林为盗。今天遇到将军，好似重见天日。如果再错过这样的好机会，那会使我抱憾终身的！将军如嫌人多碍事，可让他们随裴元绍去。我愿步行跟随将军，即使路途再遥远也绝不推辞！"关羽被他的一片赤诚所打动。便又去二位嫂嫂车前，将周仓的意思禀告。甘夫人说："多一两个人相随，那有什么关系呢？"

关羽回头，告诉周仓，夫人已同意。周仓高兴得跳起来，眼中饱含热泪。裴元绍见了，心中不免难过起来，也吵着要跟随关将军。周仓安慰他："你若与我同随，手下的人就会离散而走，那可是大损失。你暂且照料一段时间，等我稳定下来，就来招

你。"裴元绍无奈，只好与关羽、周仓怏怏而别，领着众人回山林去了。

却说关羽在周仓的扶持下上了马，继续朝汝南进发。只见周仓一手牵着赤兔马，一手扛着青龙刀，健步走在最前面。关羽有了周仓引路扛刀，与孙乾谈得更开心了。这样又走了几天，快要到界口地界，远远望去，只见一座山城，坐落在山坳之中。关羽命周仓打听这是什么地方。周仓问了当地居民，回答说："这山城名叫古城（今河南汝南县西北）。几个月前，有位姓张名飞的将军，带着几十人来到这里，把县官赶走了。自己在城中招兵买马，囤积粮草，已聚集了四五千人。那将军武艺过人，勇不可当。你们万万不可从此经过。"关羽听说是三弟在此，喜不自禁，感叹道："自徐州失散至今已半年多了。谁能想到三弟竟在这座山城里！"忙把这消息禀告二位嫂嫂，两位夫人既高兴又悲伤。关羽按捺不住激动的心情，就请孙乾纵马先去城中报知，叫三弟来接两位嫂嫂。

孙乾答应一声，拍马进城，找到张飞。张飞突然见孙乾找来，忙问缘由。孙乾便把关羽辞了曹操、护送嫂嫂寻兄到此的事告诉张飞，最后说："请将军赶快出城迎接二位嫂嫂及关将军。"张飞听了，话都未回，立即披挂上马，手持丈八蛇矛，领着一千军马冲出城去，把孙乾弄得丈二和尚摸不着头脑，又不敢问，只好闷闷上马跟了出来。

这时关羽护着车仗已到城门外。远远看见张飞一马当先冲出城来，关羽心潮起伏，激动的心情不能自已，他连忙从周仓手中接过马缰，一夹马肚，口中高喊："三弟——"那赤兔马迎着张飞奔驰而去。张飞仍是一声不吭，只见他环眼圆睁，虎须倒竖，一副怒不可遏、杀气腾腾的样子。两马相向冲来，看看跑近，张飞大喝一声，手中长矛便照着关羽捅刺过去。关羽大吃一惊，亏得眼明身灵，见状不妙，连忙闪过一边。关羽勒住马，回过身来，对张飞喊道："三弟为什么刺我？难道忘了桃园结义了吗？"张飞也勒住马，转过身来，怒气冲冲地答道："你既无情无义，还有什么脸来与我相见？"关羽听张飞说出这话，更糊涂了，便问："我怎么无情无义了？"张飞的火更大了，大声喝道："你既归顺了曹操，还被封为寿亭侯，扬扬得意，自图荣华富贵。今天又来骗我！不用多说，我俩拼个你死我活！"关羽了解张飞疾恶如仇的个性，其中详情一时也不知从何说起，就是说了，张飞也未必相信，于是说道："我究竟如何，如今两位嫂嫂在这里，三弟你不妨问问吧！"

甘、糜两夫人听见关羽要她们作证，就揭开车帘。甘夫人对张飞说："三叔，你为什么要这样呢？云长并不知你等下落，迫不得已才降了汉朝，又不是降他曹操。如今得知你哥哥在袁绍军中，云长才千里独行，送我俩到此。你千万别错怪了二叔啊！"张飞仍是不信，喊道："大丈夫在世，哪里有侍奉两位主公的道理？嫂嫂，你别被他瞒过了。等我杀了这负义的人，再请嫂嫂入城。"甘夫人再解释："云长那样做，完全是没有其他办法。"张飞似乎又得了理，叫得更响："宁可死了，也不能受侮辱！"说着，又用手指着关羽："你既然投降了曹操，有什么脸再来相见！"关羽见张飞如此错怪自己，连二位嫂嫂的解释都不能使他相信，不禁百感交集，难受得半天说不出话来。呆了半晌，关羽才说了一句："三弟，你别冤枉了我的一片苦心啊！"孙乾一直静静听着，这时才帮关羽做些解释，哪知话才出口，就被张飞打断了："怎么连你也跟着胡说！他哪里有什么好心，一定是前来捉拿我的！"关羽苦笑道："我如是来捉你，必须带兵马来。"岂料张飞把手一指："军马那不是来了吗？"

关羽回头一看，果然尘埃滚滚，一支人马奔腾而来。看那

旗号，确是曹操手下的部队。张飞得理不让人，口中又喝起来：
"你竟敢支吾欺骗俺！"一边又将丈八蛇矛挺刺过来。关羽急忙
制止道："三弟暂且住手！看我斩了来将，以表我的真心志向！"
张飞听关羽这么一说，就搁下长矛，说道："你既有真心，就显
出本领来。我这里为你击鼓，三通鼓罢，你就须把来将斩了。"
说着忽地下马，走上城门楼，从军士手中夺过鼓槌，看关羽从周
仓手中接过青龙刀，准备妥当，便使劲在鼓上擂起来。

这时曹军已到跟前，摆开阵势，为首一将勒马横刀，站在阵前。关羽听到鼓响，拍马挥刀冲上前去，喝问："关某不斩无名小卒。来将请报姓名！"只听回答："我是蔡阳。你杀了我的外甥秦琪，却跑到这里来了！今奉丞相将令，特来捉你！若能捉到你，我便可封为寿亭侯！"关羽受三弟委屈，本来就憋了一股气，如今又听蔡阳胡说八道，更是火上浇油，那浑身的力量和功夫都凝聚在青龙刀上。只见他纵马上前，抡刀砍去，蔡阳慌忙招架。青龙刀斩断了蔡阳手中的钢刀，然后落在蔡阳的脖子上，扑通一声，连刀带头一起掉在地上。这时张飞的第一通鼓还未敲完，见关羽果然斩了来将，并没有欺骗自己，还是好兄弟，高兴地把鼓槌一扔，就跑向关羽。

关羽斩了蔡阳，曹军狼狈而逃。关羽还怕张飞信不过自己，便纵马将扛旗的小卒活捉而来，丢在张飞脚下。关羽问那小卒，蔡阳为何领兵到这里。小卒战战兢兢地禀告道："蔡阳得知将军杀了他外甥，心中愤怒，便要领兵来河北寻将军报仇。曹丞相不准，而差他前往汝南攻刘辟，没想到在这里遇见将军。"关羽又叫小卒将自己在许都的行为举止告诉张飞，那小卒从头到尾细说一遍，张飞这才信了。

"二哥！是俺错怪了你！"张飞猛然跪倒在关羽面前，泣不成声。关羽也跪倒在地，双手紧握张飞的双手，半天说不出话。真是别时容易见时难啊！兄弟俩四目对视，热泪滚滚，终于，两人一起站起来，并肩走向古城，迎接新的战斗。

关羽神威，周瑜胆寒
· · · ·

建安十二年（公元 207 年），关羽与张飞陪同刘备三顾茅庐，请出了旷世奇才诸葛亮做军师。诸葛亮出山不久，就两次用计，大败夏侯惇、曹仁各十万大军。曹操大怒，亲率大军分八路再攻刘备。刘备自知难以抵挡，就采纳诸葛亮的建议，携新野（今河南新野）、樊城（今湖北襄阳樊城）百姓近十万人弃城而走。由于扶老携幼，一天走不了十余里，曹操率军紧追而来，情况十分危急。孔明于是向刘备建议："可派云长速去江夏（今湖北云梦）向公子刘琦求救，或许能解脱此险。"刘备对孔明言听计从。关羽带上刘备的信，单身去了江夏。

那赤兔马纵开四蹄，不一日就将关羽带到江夏。见了刘琦，关羽递上刘备书信。刘琦接过一看，竟犹豫起来，说是要考虑考虑。关羽见状，气便不打一处来，高声说道："我兄如今危在旦夕，如不快快出兵救援，就怕来不及了。万一出了什么事，公子你也自身难保！"刘琦被关羽一番话说得不好意思，转念一想，情形确实十分清楚：假如刘备被灭，他刘琦势单力孤，父亲留下的基业如何能保得住？于是不再犹豫，即拨兵一万，归关羽调遣。

关羽得军大喜，立刻出发。走着走着，他不禁为难起来。该如何用这些兵去救哥哥呢？他突然感到这一万兵马沉甸甸的分量，更感到自己这一用兵决策的重大责任。成败在此一举啊！他命军马停住，开始沉思起来。他思来想去，反复斟酌，最后决定把兵马埋伏在离汉津不远的一条山沟里。这时，关羽又探听到刘备在当阳、长阪坡吃了败仗的消息，更坚定了他伏兵在此的决心。他想刘备兵败，必从这条路投奔而来，曹军定然在后紧追。我潜伏于此，以逸待劳，突然杀出，必能一举击退曹操追兵！

却说曹操率大军赶上刘备，漫山遍野攻过来。刘备大败，幸有张飞、赵云两员大将左冲右突，杀出一条血路，往江汉方向逃命。曹操催大军紧追不舍，定要活捉刘备。刘备一行只剩几十人，被曹操追得狼狈不堪，不禁叹道："前面是大江阻隔，后面是大兵追杀，我今无路可走了！"正在此时，只见关羽从山谷中率军冲出，大叫："哥哥莫急！有云长在此。"刘备一见，喜出望外，泪水夺眶而出。关羽立马横刀连声说道："哥哥你快过去，让我来对付曹军。"

曹操正在得意，自以为这一战定可活捉刘备，除去心头大患。忽然，只听前面鼓声阵阵，又见部下纷纷停下，曹操心中不觉一惊："难道我又中了诸葛亮的埋伏？"举头一看，果然是一员大将手持青龙刀，座下赤兔马，挡住了去路。啊，是关云长！曹操心中更是一寒，眼前又浮现出关羽匹马斩颜良、诛文丑的情景，便赶快勒住马，掉转马头就逃。关羽大喝一声："休赶我主！关某在此等候多时了。"说着，大刀一挥，纵马杀来，身后的一万士兵蜂拥而上，个个争先。曹军连日在追赶，本已十分疲惫，没想到半路杀出个关云长，一个个吓得胆战心惊，无心再战。又见曹操率先后退，于是像潮水般往后退去。关羽乘势掩杀，一气猛追了十余里，倒在关羽刀下的曹兵不计其数。关羽这才收兵回头，护着刘备来到江边，又找到船只，上船渡江，来到夏口（今湖北武汉汉口）。刘备紧握住关羽双手，说道："今天若不是云长奇兵相救，我已落入曹贼之手了！"关羽激情澎湃，朗声回道："云长为大哥，虽赴汤蹈火也在所不辞！此区区之劳，何足挂齿！"众人听了，都向关羽投去了敬佩的目光。

再说曹操被关羽一阵狙击，退回好几十里，不敢再追，于是就提兵攻了江陵（今湖北江陵）。荆州（今湖北荆州）守将自知不敌，便献城降了曹操。曹操得了这些地方，势力更大，稍加清点，总计马步水三军八十三万，安营扎寨，连绵三百余里。曹操踌躇满志，打算水陆并进，一举消灭刘备，然后吃掉孙权。

曹操在谋划，刘备、孙权也在谋划。刘、孙两家各自从自己的利益出发，都认为必须联合起来，共同对付曹操。因此，当孙权派谋士鲁肃来请诸葛亮去东吴商议抗曹之事时，诸葛亮便欣然前往了。当时东吴以张昭为首的一班大臣，以为曹操兵多将广，难以抵挡，极力主张孙权投降，弄得孙权犹豫不决。诸葛亮只身赴吴，舌战群儒，把投降派驳得无地自容，接着又智说周瑜，终于迫使孙权决定抗曹，任命周瑜为大都督，统理一切军机要务。这个周瑜也是个很有本事的人，当年孙策就曾留遗言，嘱咐孙权"外事不决，可问周郎"，可见周瑜非同一般。周瑜上任后，调兵遣将，安排布防，显得井井有条，一派大将风范。但周瑜所做的一切，都不出诸葛亮所料，而且在很多地方，诸葛亮都比周瑜棋高一着。因此，周瑜便想除掉诸葛亮，却被鲁肃劝住。

却说刘备自孔明去了东吴，音信全无，心里不免着急，整日坐立不安。这一天，他聚集众人商议道："军师已去多日，不知情况如何。谁能前去探听一番？"当下糜竺愿往。刘备于是准

备羊群、美酒，让糜竺以犒军之名去东吴，并嘱咐糜竺要随机应变。糜竺驾船顺流而下，来到周瑜大寨，献上礼物，向周瑜表达了刘备对周瑜的敬意。然后，糜竺便提出见诸葛亮。岂料周瑜不仅不让他见军师，反而提出要刘备来见他，有要事面告。糜竺只得答应下来，驾船而回。糜竺走后，鲁肃大惑不解，便问周瑜："将军想见刘备，是什么用意？"周瑜咬牙切齿、满脸杀气地说："刘备是当世的一位大英雄，如果不除掉他，必成为东吴的心腹大患。"鲁肃是个老实胆小的人，又劝道："如今两家连手抗曹，杀了刘备，恐于事不利啊！"周瑜振振有词，答道："杀刘备并不是为我私利，实在也是为国家着想。"于是不听鲁肃劝阻，传下密令："如果刘备到寨，预先埋伏杀手五十名在帐后。看我掷下酒杯，就杀将出来。"

　　糜竺回来，见了刘备，就将周瑜的邀请报知。刘备十分爽快，即命手下随从收拾快船一艘，马上出发。关羽心有忧虑，就劝刘备："我素知周瑜是个足智多谋之人，不会随随便便邀请大哥前去相会。况且又没有军师的书信来，其中必有奥妙，大哥万万不能前去。"刘备既坦然又自信，说道："我如今要与东吴联合，共破曹操。周瑜想见我，我如果不去，那就缺乏与东吴结盟的诚意。这样一来，两家猜忌，互相怀疑，联合抗曹的大事就会泡汤了。怎么能不去呢？"关羽见劝阻不住，想想刘备的话也的确有理，于是说道："兄长坚持要去，弟弟陪同哥哥一起去。"张飞一旁听了，便也要跟去。刘备略一思索，觉得还是关羽办事稳妥，便吩咐道："三弟与子龙守寨。只需云长一人随我同去，我们去见一面就回来。"关羽见兄长愿意让他同去，既高兴又紧张。高兴的是兄长在关键时刻总相信自己、重用自己；紧张的是，他知道此去必定有一场鸿门宴等着他们，危险重重。自己倒没什么，但一定要保住兄长平安归来。

却说东吴士兵见刘备船已到，忙去报告周瑜，周瑜问道："刘备带了多少船只人马？"士卒报告："只一艘船，二十多个随从。"周瑜不禁喜形于色，哈哈大笑起来，得意地说："此人无命了，此人无命了！"随即下令刀斧手在帐中埋伏好，自己则满面春风地出寨迎接。

关羽随刘备下船来到周瑜寨中。周瑜远远接住，寒暄一通，便请刘备入帐饮酒叙谈。关羽观察周瑜神色，看起来十分热情，满脸笑容，却并不真诚，带着些虚伪与做作。心想：这家伙定没安好心。于是手按宝剑，紧随刘备进了帐中。等刘备坐定，便站在刘备身后。关羽发现，大帐被不少屏风隔开，屏风微微颤动，后面肯定藏有刀斧手。关羽把眼睛瞪得更大，按剑的手握得更紧，随时准备抽出宝剑，冲向周瑜。他看了周瑜与自己之间的距离，心想，如果周瑜敢下手，他一个箭步就可以跃到周瑜的身后。擒贼先擒王（捉拿贼寇应当先捉住贼寇的头领，有时用来比喻做事要抓住关键），只要抓住周瑜，看他们谁还动我哥哥！

这时，诸葛亮出了住处，随便走走，散散心。忽然听到人们议论，说是刘备来此与周都督相会，不禁大吃一惊。他连忙赶往周瑜寨中，想去看看动静。进了大寨，来到中军帐外，悄悄往里瞧去，只见周瑜满脸杀气，桌子四周安排了一排屏风，便叹道："我主今天完了！"再看看刘备，却见他安若泰山，谈笑自如，没有一点慌张不安的样子。一人按剑站在刘备身后，原来是关羽。诸葛亮不禁舒了口气，自语道："有关云长在此，我主无事了！"他放下心来，便不进帐，却折回江边，来到刘备的船上等候。

却说周瑜取出酒来，款待刘备。心想，待饮了这杯酒，再取他性命不迟。周瑜站起身，手执酒壶，喜滋滋地走到刘备座前，要亲自为刘备把盏斟酒。突然，他发现刘备身后还站着一个人。原来他自以为得计，高兴过分，一直没注意到还有人护在刘备身

077

后。周瑜大吃一惊，脱口问道："身后站着的是什么人？"刘备不慌不忙答道："是我二弟关云长。"周瑜一听是关羽，不敢相信，忙又追问一句："不是往日斩颜良、诛文丑的那位关云长？"刘备颇为自豪："正是。"周瑜得知果真是那位威名显赫的大刀关羽，吓得面如土色，全身冒汗，那汗珠渗出脸颊、手臂，如黄豆般大小，粒粒可见，隐隐冒着丝丝热气。周瑜待了一会儿，直等那扑通扑通直跳的心平静下来，才给刘备斟酒，那手仍在微微颤抖，把酒洒在了桌子上。关羽站在那儿，冷眼瞧着周瑜的一举一动，目光中充满了鄙薄不齿的神情。

周瑜回到自己座上，内心十分矛盾，对要不要下手始终拿不定主意，显得迟疑不决，烦躁不安。关羽见状，知道夜长梦多，不如早走为妙。于是用手悄悄在刘备的腰背上按了几按，意思是提醒兄长早点离开，时间长了，难免会节外生枝。刘备心里有数，就站起身来，与周瑜告辞，说道："等都督破曹立功之后，再来祝贺！"周瑜见刘备要走，似乎松了口气，也不相留，便送刘备出了寨门。看着刘备、关羽往江边而去的背影，周瑜不觉站在寨门边发起呆来。突然，鲁肃走到他身边，问道："都督今日为何不下手啊？"周瑜叹了口气，心有余悸地说："关云长是当今威名显赫的虎将，寸步不离地守在刘备身边。我如下手，他定来害我，只好作罢。"鲁肃听了，不禁一阵惊愕。

刘备和关羽来到江边，忽然见诸葛亮站在船头，十分高兴。诸葛亮神秘兮兮地问刘备："主公知道今天的危险吗？"刘备似蒙在鼓里，回道："不知道。"诸葛亮说："若不是有云长在身边，主公今日已被周瑜害了。"

关羽听了哥哥与军师的对话，大骂一句："周瑜小儿敢动我哥哥一根毫毛，我叫他死无葬身之地！"接着又催刘备："我们还是快走吧！"于是与诸葛亮话别，箭一般驶往江心。

义气深重，不忘旧日恩德

关羽自保刘备与周瑜相会回来后，听从刘备号令，一直驻扎在夏口，安下心来等候军师消息。虽说整天无事可做，但知道大战不久就要爆发，手心便痒痒的，心情也难以平静下来。张飞可是耐不住性子，不时就在刘备面前高声请战，要率兵去攻打曹寨。刘备好言相劝，说要等军师回来再做安排，千万不可鲁莽，打乱整个行动计划。关羽也劝住张飞："三弟不可胡来，军师自有妙计，到时定有你我大显身手之处！"

这天，刘备与赶来探听消息的公子刘琦坐下交谈，流露出自己担忧不安的心情："唉，赵云去接诸葛亮，怎么这么久还不回来？"正说着，站立在瞭望楼前的哨卒，用右手远远指着樊口港，报告道："有一叶扁舟乘风而来，一定是军师到了。"刘备听报，连忙与刘琦一起下楼迎候。不一会儿，小船靠岸，果然是诸葛亮和赵云。大家都十分高兴，自是一番问候施礼。诸葛亮一面随刘备等往回走，一面说道："主公，时间紧迫，其他事以后再慢慢说吧。请问主公按我的计划将军马战船都准备好了吗？"刘备说："早就安排妥当了，就等军师调度使用。"诸葛亮听了，十分高兴地说："主公赶快下令，请各位将军来帐前听候调遣。"

刘备传令下去。不一会儿，关羽就随其他大将一齐来到帐前。他知道大战马上就要开始，不觉摩拳擦掌，精神振奋。只见诸葛亮轻摇着鹅毛羽扇，胸有成竹地开始调兵遣将。

"赵云听令！"赵云跨前一步，一副威武雄姿。"你带三千兵马，渡江后直奔乌林（今湖北洪湖东南，长江北岸邬林矶）小路，拣树木芦苇密集的地方埋伏下来。今晚四更过后，曹操败军定从那条小路逃跑。等他军马来到时，就在中间放起火来，虽不能全部歼灭，折其一半就成大功。"赵云领命而去。

关羽站在帐下，心想这下该轮到我了。只见诸葛亮又命张飞带三千兵马，去葫芦口（今湖北江陵县西北）埋伏；命糜竺、糜芳、刘封三人各率军马，驾船绕江擒拿曹操败军，收缴兵器。

"今天是怎么了？我是主公二弟，凡事都先派我去完成。今天怎么把我放在最后呢？"关羽寻思着，不觉有些奇怪，但还是忍着不去询问，等待军师调遣。却见孔明从座位上站起来，对刘琦施了一礼，说："请公子速回武昌，守住这块紧要之地。万万不可随便离开城池。拜托，拜托！"刘琦满口答应，于是辞别，自回武昌去了。诸葛亮看着刘琦离去，转过身来，微微一笑，对刘备说："主公不妨屯兵樊口，临高而望，看看今夜周郎是如何破曹建功的。"说着就要离去，像是根本就没有关羽这个人似的。

关羽再也忍不住了，走上一步，高声说道："关某自从跟随兄长征战二十年来，冲锋陷阵，斩将杀敌，出生入死，屡建奇功，从来未曾落在别人后面。今天遇上了难得一有的大战，却不被军师任用，不知这是为了什么？"

诸葛亮见关羽来问，不仅不生气，反倒微微一笑，慢条斯理地说："云长不要怪罪，不要怪罪！放着将军这样的大才，我岂能有不用之理？其实我是打算把一个紧要的地方留给将军去把守。只是有些担心，不敢让将军去啊！"

关羽甚是不解，就问："有什么可担心的？还请军师赐教。"诸葛亮说："过去将军在曹营暂居时，受了曹操的不少恩德，应该是有所回报的。如今曹操必败，败则定走华容道（今湖北监利县西北的山中险路）。如派将军去守华容道，无疑会放他过去。因此不敢调用。"

关羽这才恍然大悟，原来如此，不禁带了些讥讽的口吻说道："好一个多心的军师啊！"接着表明自己的态度："那些日子曹操待我确实不薄，但我斩颜良、诛文丑，解白马之围，已是报答过他了。今日撞见，怎么能以私废公，随便放他过去呢？"诸葛亮仍不放心，又追问："倘若放了曹操，那该怎么办？"关羽毫不迟疑，脱口叫道："任凭军法处置。"诸葛亮再逼一句："既然如此，就请立下军令状。""立就立！"关羽接过随从递上的笔墨，大笔一挥，写下了"如我放曹，甘受军法"的字据，交给刘备保管。关羽似乎有些不服，反过来问诸葛亮："军师，如果曹操不从华容道过，那又怎么办？"诸葛亮也十分自信，说道："我也写下军令状。"说着，提笔一挥，仍是八字："如我失算，甘受军法。"关羽一看，十分高兴。于是告别刘备和诸葛亮，带领关平、周仓和五百名兵士，赶往华容道埋伏去了。

关羽一行紧追慢赶，抢在拂晓前到达华容道。看看时间尚早，关羽命军士就在原地休息，不得随便走动。然后，他观察附近地形，发现这里道路狭窄，两边悬崖峭壁，险峻异常。右边的一个山头高峻挺拔，树林茂密，正是点燃火烟的好地方。于是命关平派几个士卒，到山头上，点起几堆火烟来。关平甚是不解，问道："火烟一起，不是明摆着说这儿有人，那曹操还怎么会来呢？"关羽半是自省，半是开导关平，说："凡事要多动脑筋，不能只靠硬打硬拼啊。兵书上说：'实则虚之，虚则实之。'曹操是个熟读兵书、最会弄谋的人。我们听从军师安排，来个灵活运用，虚虚实实，叫曹操摸不着头脑。"关平听了，十分佩服，答应一声，连忙去了。

关羽看着关平走开，才从赤兔马上下来。一个士兵过来，接过青龙刀，牵走赤兔马。关羽在一块大石头上坐下，周仓下马走过来，关羽对周仓说："你别急着休息，先安排几个人到后边路口拐弯处设下暗哨。一见曹操败军，立刻回来报告。"周仓领命而去。

不一会儿，只见山头上浓烟滚滚，直冲云霄。周仓回来报告，暗哨也布置妥当，关羽这才放下心。

却说曹操大军，被诈降而来的黄盖火船撞个正着。刹那间，火光四起，杀声阵阵，曹操一看着了慌，赶忙下令救火。无奈东南风一阵紧似一阵，火仗风势，风助火威，不仅无法扑灭，反而越烧越大。各船连锁在一起，一船着火，其他船只都无法脱身，不一会儿便四处蔓延开来，烧得曹军哭爹叫娘，无处躲藏。着枪的、中箭的、烧伤的、溺水的，不计其数，溃不成军。曹操所在的大船也烧着了，正在危急之时，幸好张辽驾着一艘小巡逻船来到，忙把曹操扶下船，向岸边急驶而逃。来到岸上，只见江面上已成一片火海，陆地上的营寨也烧成一条火龙。东吴兵喊声连天，鼓声阵阵，从各个方向杀来。曹操骑在马上，慌得手足无措，不辨东南，只在火丛里钻来钻去。后来，遇上逃脱出来的毛玠（jiè）、文聘等将，大家一商量，才决定向乌林方向奔逃。

曹操在众将保护下，跑一阵，杀一阵，走走停停，不断遭到周瑜和诸葛亮设下的伏军拦击：先是东吴大将吕蒙，然后是凌统、甘宁；接着是刘备大将赵云，然后又是猛张飞，一阵连着一阵，被杀得心惊肉跳，见火而慌。将士们死的死，伤的伤，跟随在身边的人越来越少。偏偏天公又不作美，天亮之后，突然大雨倾盆，转眼之间，一个个被淋得跟落汤鸡似的。可又不敢停留，生怕身后追兵赶到，只好冒雨急行。本来经过一夜奔波拼杀，将士们又累又饿，如今又风雨侵袭，道路崎岖泥泞，无异于雪上加霜，那疲劳，那狼狈，实在难以形容。

曹操强打精神，催促将士急急赶路。突然，前面出现了两条道路。一兵士向曹操请示："丞相，有两条道都可通南郡，不知该从哪条道走？"曹操询问："哪条路近些？"那兵士回答："两条道一大一小。大路稍微平坦些，却要远五十多里；小路经过华容道，虽是路窄多险，坎坷难行，却要五十多里。"曹操不敢贸然决定，下令派人登高瞭望一番，探探动静。不一会儿，兵士回来报告："丞相，在小路的山林处有好几个烟火，大路上却一点动静也没有。"曹操略一思考，果断下令走华容道。众将领都很不解，纷纷说："烟火烧起的地方，必定有兵马埋伏。不知丞相为什么偏偏要走这条道呢？"曹操见部下不知其中奥妙，不觉脸上露出得意的神态，引经据典回答道："兵书上所说的'虚则实之，实则虚之'，诸葛亮难道不曾听说过吗？那诸葛孔明善于用计，故意派几个士兵在这山僻险峻处烧几堆烟，叫我军不敢从这条路走，却把兵马埋伏在大路上等我们上钩。区区小计，岂能出我所料？因而令大家大胆从华容道走。"听了这一番话，一个个心悦诚服，连连说道："丞相神算，人所不及。"曹操得意地哈哈大笑起来。于是众人一起投往华容道。

再说关羽，休息了一阵之后，顿觉精神焕发。有几个机灵的士兵围过来，要关羽讲故事。"将军，把你过去'温酒斩华雄''过五关斩六将'的经历再说给我们听听。"关羽也不推辞，

有板有眼地说起来。说到关键处，关羽还用手比画着，那些士兵都听呆了，一个个露出羡慕、敬佩的目光。恰在这时，兵士来报："曹操领着败军上华容道了。"关羽连忙打住话头，命令道："赶快集合，准备迎战。"自己也一跃上马，接过青龙刀，纵马上前，然后又回马头，看那五百士兵迅速排好阵势，把小小的华容道堵了个水泄不通，心想：曹军来了，便是插上翅膀也难飞得过去。不免打心底里佩服诸葛亮用兵如神。可一想到曹操，想到这位曾有恩于他的人就要束手就擒，一丝淡淡的难以下手的感觉悄悄袭上心头。但一想到立下的军令状，他毅然决然拨转马头，像一把尖刀，插在阵势的最前面，威风凛凛地等待着曹操前来送死。

过了一会儿，只听见马蹄声、脚步声和曹操的哈哈大笑声，一阵阵传来。关羽大声命令："擂鼓点炮！"话音刚落，一声巨响，冲天而起，划破了山谷中的宁静。

果然，刚刚转过山口的曹操败军，突然听到炮响，一个个吓得六神无主。抬头一看，竟是威震八方的关云长挡在路中。关羽横刀立马，气宇轩昂，面颊如火，长髯飘拂，无异临空而降的天兵神将。曹军见了，个个手足无措，浑身就像散了架一样，就要瘫下地去。刚才还在自以为是、哈哈大笑，笑诸葛亮终究不会用兵的曹操，也给突然而来的炮响震得魂飞体外，险些从马上摔下来。但毕竟是一军之主，他急忙勒住坐骑，稳住情绪，定神看了关羽一会儿，环顾左右将领，半是自勉，半是命令，说道："既然走到这步田地，要想过去，只得拼死一战了！"将士们回答："我们纵然不害怕，可真要打起来，大家必死无疑。"

正在僵持，只听谋士程昱谏道："我非常了解关羽的为人：对位高权重、趾高气扬的人，他不屑一顾、十分藐视；对平民百姓、谦虚有礼的人，他关怀备至，怜爱在心；谁遇上危急患难，他可以不顾一切、舍生相救。所以关羽的仁义之名传扬天下，妇孺皆知。丞相今天有难，何况往日还有恩于他，如果亲自去讨饶告求，必能摆脱今天的劫难。"

曹操听了非常为难，可看看前后左右的将士，一个个衣衫不整、疲饿欲倒，已无丝毫战斗力，只好硬着头皮，拍马上前，对关羽躬身施礼，说："将军，京城一别，倏忽多时，一切都好吧！"关羽连忙躬身回礼，很有分寸地回道："有劳丞相问候。我奉军师之命，已在此等候丞相多时了。"曹操哀求道："今天我兵败赤壁，形势危急，退到这里已是无路可走了，还望将军不要忘了过去许下的诺言，放我等过去，曹某不胜感激。"关羽回道："过去我虽然受了丞相许多恩德，但曾解白马之围而报答过丞相。何况我今天是奉命行事，怎么能只讲个人交情，以私废公呢？"曹操并不死心，一再哀求："关将军还记得过五关斩六将的事吗？那时我闻将军过关杀人，不仅不让手下将领拦阻截杀，反而连发三道信使，任将军脱身。这可并没有得到将军的报答啊！大丈夫为人处世应以信义为重。将军是熟诵《春秋》诸书的，难道不晓得仁者之箭是不射受伤之人的故事吗？"

关羽听了曹操这一番话，不觉低下头去，许久说不出一句话来。再看看曹军人心惶惶，疲惫不堪，心中不忍，差一点流下泪来。他抬起头来，看看一贯踌躇满志、颐指气使（不说话而用面部或口鼻出气发出声来示意，形容有权势的人随意支使人的傲慢神气）、气度不凡、镇定自若的曹操，今天却是如此低声下气、狼狈不堪；与这样的人拼杀，就是把他们全活捉了，对我关云长来说，又有什么光彩呢？无论从哪个方面来看，我确实都不该阻拦他们啊！想到这里，关羽勒转马头，回身对众军士说道："四面散开，让出道来！"说完，低下头。

众军士听到关羽号令，都向山边靠去，把道路让出来。曹操一见，连忙拍马冲了过去，其他人也一拥而上。关羽见此情形，想起了出发前立下的军令状，如今放了曹操，回去要如何交差呢？他脱口大声喊道："站住！"曹操与众将一听，吓得肝胆欲碎，慌忙滚鞍下马，拜倒在地，一边流着眼泪，一边苦苦哀求。实在是惨不忍睹！关羽是个义重于山的人，手中的青龙刀举起又放下，哪里忍心去杀这些引颈待毙的人？正在犹豫，张辽从后面赶来，见此情景，就大喊道："云长，别忘了旧日之情啊！"关羽听了，胸中的友情义气犹如火一般地燃烧起来，他终于横下心来：好吧，事已至此，不如痛快放他们过去。该什么处罚，就受什么处罚好了。即使被斩首，也绝不能坏了自己一生的忠义之名！于是，关羽低下头，轻轻摆了摆手。张辽见了，来不及谢上一声，忙喊："快走！快走！"曹操与众将仓皇上马，脱逃而去。

关羽率领人马，心情沉重地回到夏口，来见刘备。大厅里正举行庆功宴会，刘备、诸葛亮向立功的将领敬酒祝贺。忽见关羽闷闷不乐地站在大门口，诸葛亮忙手拿酒杯，迎上前去，庆贺道："恭喜将军立下盖世之功，为普天下人民除掉一大祸害！"关羽站在那儿，一动不动，一句话也不说。诸葛亮明白了一切，故作惊讶地说："将军不高兴，莫不是我等有失远迎？"关羽不再沉默，大声说道："我放走了曹操，是特地来接受军法处置的。"诸葛亮冷冷地说道："你果然不忘曹操过去对你的恩德，以私徇公。既有军令状在，罪不能免。来人，推出去斩首，以正军法！"关羽毫不变色，也不讨饶，定定地站在那儿，等候发落。刘备见了，忙上前代向诸葛亮求情，说道："过去我兄弟三人桃园结义时，曾立下誓言，要誓同生死。今天关羽犯法，按罪理当处死，无奈却违背了从前的盟誓。望军师暂且记下他这一次过错，让他戴罪立功，将功补过吧！"刘备是一军之主，他既出面求情，诸葛亮岂能不从？于是便饶了关羽。

义结黄忠，英雄惜英雄

••••

　　却说刘备联合东吴，赤壁一战，将曹操的百万大军一举击溃，这才解了燃眉之急，稍微松了口气。接着，刘备又在诸葛亮的谋划下，借助东吴兵马的力量，轻而易举夺取了南郡、荆州、襄阳等地，终于获得了一块较为理想的安身之地。刘备并不满足，就与诸葛亮商议长久大计。有人献策，应该南征武陵、长沙、桂阳、零陵四郡，若取得了这些富庶肥沃的地方，荆、襄便有坚强后盾，就可长保平安了。刘备言听计从，立即发兵，去攻取这些城池。先是张飞、赵云二人合取了零陵（今湖南零陵），接着，赵云取了桂阳（今湖南郴州），张飞又取了武陵（今湖南常德西）。这是建安十四年（公元 210 年）春天的事。

　　四郡已得三郡，刘备高兴万分，派人送信给关羽，告知这些好消息。此时关羽独当一面，领兵留守在荆州。读了刘备书信，一腔战斗豪情又被勾起，心想："张飞、赵云二人各夺一座城池，杀得真是过瘾！我在这里守城，显得既无聊，又似乎不如他们二人，为何不请战，也去夺他一城呢？让他们看看我关云长的本事，也好将功补过。"于是提笔写了一封信，让信使带回。信中写道："听说长沙还未攻取，如果兄长能顾及一点手足之情，就让关某去取这件功劳。"刘备读罢关羽来信，递给诸葛亮，诸葛亮一看，笑道："有这样的兄弟，是主公的洪福啊！"停了一下，又说："这事好办，派张飞去暂守荆州，让关羽来攻城。"刘备心中自是高兴，便命张飞连夜赶往荆州。

关羽送走信使后，心里老惦记着攻城的事，睡觉也不踏实，躺在床上，翻来覆去，总睡不着。忽然，门外有人大喊："二哥！快开门！"关羽听是张飞，喜出望外，连忙起床开门。见了张飞，劈头就问："三弟是代我守荆州，让我去攻长沙的吧！"张飞哈哈大笑："是啊！你看小弟取了城，便不服，手心痒痒了。"关羽也打趣道："你别臭美，待我取了城给你看！"说完，把守城的事向张飞简单交代一番，便心急火燎地跨上赤兔马，提上青龙刀，率五百兵士，急急奔向武陵。

关羽一路急赶，来武陵见刘备和诸葛亮。见了面，来不及多叙谈，关羽便请战，要立即带兵前往长沙。诸葛亮嘱咐道："赵云取桂阳，张飞取武陵，都是带了三千兵马。现今镇守长沙的太守叫韩玄，不值一提。但是他手下有员大将，此人姓黄名忠，字汉升，是南阳人。原来是刘表手下的大将，曾与刘表的侄子同守长沙，后来转到韩玄手下。黄忠如今已近花甲之年，虽说年纪一大把，却仍有万夫不当之勇，被公认为是湘南将领中的领袖。你这次攻打长沙，万万不能轻敌。"关羽当即喊道："军师为何要长别人的锐气，灭自己的威风？量他一个风烛残年的老兵，有什么值得一提的！关某我连三千兵马也用不上，只带我手下五百名近侍军就行，一定将黄忠、韩玄的头斩来献予军师！"刘备忙劝道："二弟，万万不可轻敌啊！"关羽见大哥也来劝他，更是有气，就说："连大哥也不相信我了。我保证，若攻不下长沙，就不回来见你们！"刘备深恐有失，苦苦相劝，关羽执意不肯，只领了五百兵马辞别而去。诸葛亮深知关羽的性格，最不服在他面前说别人有本事，似乎称赞别人就贬低了他关羽，于是并不随刘备来劝关羽。看着关羽领兵离去，这才对刘备说："云长如此轻敌。请主公带兵随后接应，以便顺利攻取长沙。"刘备听诸葛亮说得有理，于是率领军兵向长沙进发。

却说长沙太守韩玄，向来性急马虎，也不顾及手下将领的利益，所以部下都有些讨厌他。只因韩玄大权在握，大家敢怒不敢言罢了。这日听报知道关羽领兵来到，就唤老将黄忠及其他将领商议。黄忠见韩玄忧虑，便安慰道："主公无须担心，凭着俺这口大刀，这张硬弓，一千个来，一千个死！"原来黄忠也使大刀，武艺超群绝伦；能拉二百斤的硬弓，百发百中。黄忠的话音刚落，底下又有一人挺身而出，高声叫道："何须老将军出马！小将不才，愿往活捉关羽献予主公。"韩玄一看，是管军校尉杨龄。韩玄见有人抢战，当然高兴，于是就命杨龄出城迎敌。

关羽率军往长沙进发，看看快到长沙，于是抖擞精神，抓紧赶。忽见前面有兵马阻拦，而且听见领兵将领大放厥词，骂声不迭。关羽本来就憋着一口气，如今见来将如此无礼，更是怒火中烧，当下也不答话，飞马舞刀，直取杨龄。那杨龄不知天高地厚，挺枪来迎关羽大刀，可他哪里是关羽的对手？手中的枪似乎如沉水底一般，失去平衡，不听使唤。关羽的大刀却如蛟龙出海，大发神威。刚一接手，还没两个回合，关羽就一刀斩杨龄于马下。杨龄所率士卒见关羽神勇无比，吓得落荒而逃。关羽乘势掩杀，直杀到长沙城下。

韩玄得败兵回报，吓得六神无主，忙命黄忠出马，自己则赶往城头观战。只见黄忠提刀纵马，早冲过吊桥，后面跟随着几百名骑兵。这时关羽一到城下，见一老将冲出城来，料知定是黄忠。看黄忠果然威风，那架势中处处显出功夫，非同一般，关羽不敢怠慢，忙令军士摆开阵势迎敌。关羽自己也做好准备，重整精神，立马横刀，大声问道："来将是黄忠吗？"黄忠听关羽知他姓名，也很得意，便答道："既然知道我的大名，为何还敢来侵犯？"关羽最听不得这种大话，当即怒气冲天，大声喝道："黄忠老儿休得猖狂，我今日就是来取你头的！"说罢，拍马冲出阵去。黄忠也不示弱，立即纵马来迎。两马相交，你来我往，打得煞是好看，把两边的士卒都看呆了。只见两人你一刀我一刀，你砍我架，我劈你格，你从右边扫来，我从左边挡去，两匹战马如走马灯似的转成一团，烟雾弥漫，已分不清谁是关羽，谁是黄忠，只能看见两把明晃晃的大刀闪来闪去，然后又绞在一起。两人大战两个多时辰，直杀得天昏地暗，足足一百多个回合，也没分出个高低胜负。关羽越战越勇，黄忠也毫无困倦之意，彼此心里都暗暗佩服对方。忽听一阵锣响，原来是韩玄怕黄忠年岁大了，久必有失，故而鸣金收军。黄忠听到锣响，虚晃一刀，拨马奔回城中。关羽也收住阵势，不去追赶，而是令兵马退回十里下寨。为什么要退十里安营休息？此处显得关羽深知兵法，并不一味轻敌。因为如果下寨离城太近，城中兵马如来偷袭，来不及准备，必会被杀得措手不及。

关羽见大战黄忠一百多个回合，仍不能取胜，当晚躺在床上便思索起来："老将黄忠，果然名不虚传，斗我一百多回合，竟毫无破绽。明日再战，得用拖刀计胜他。"

第二天，关羽领兵又来城下挑战。韩玄站在城上看见，又命黄忠出马。黄忠毫不畏惧，领着人马，一阵呐喊，杀出城去。关羽见黄忠马到，也不答话，就举刀砍杀起来。黄忠更不言语，挥刀就迎。两人使出浑身解数，打得比昨日更是好看，两人又战了

五六十个回合，仍是分不出谁胜谁负。关羽依计拨马，往回奔走。黄忠不知是计，在后紧追，关羽看看黄忠马到身后，右手暗暗用劲，准备用刀背反扫黄忠。这一招称为"拖刀计"，是关羽的绝招。大刀看起来拖在地上，一副败逃的样子，一般人须把大刀收回才能再砍出去，而关羽却力有千钧，能在原处将大刀翻起，故而出其不意，十拿九稳。关羽正准备使出绝招，忽听背后一声响，原来黄忠马失前蹄，被掀翻在地。关羽急忙拨转马头，赶到黄忠面前。黄忠跌落马下，根本无法抵抗，只得闭目待死。没想到，关羽的大刀高高举起，却并不砍下，大声喝道："我饶你性命！快换马去，再来拼杀！"黄忠急忙站起，跃身上马，惶惶奔入城中。韩玄见黄忠入城，十分惊讶，忙问原因，黄忠回答道："所乘马匹久不征战，故而乏力失蹄。"韩玄催促道："你的箭法高超，百发百中，为何不用呢？"黄忠说："来日再战，我必诈败，诱他到吊桥边放箭射他。"韩玄于是将自己的一匹青色骏马送予黄忠。黄忠回到家里，回想马失前蹄、关羽不忍杀害的那一幕，心里十分感激。人说关羽义重如山，今日看来，果然名不虚传。来日再战，我怎能忍心下手射他呢？可是如果不射他，又怕违了韩玄将令。这一夜，黄忠思前想后，总拿不定主意。

第二天一大早，关羽又来城下挑战。韩玄唤来黄忠，悄声在黄忠身旁吩咐，要他用箭射关羽。黄忠答应下来，骑着青色骏马奔出城去。关羽连战两日，都赢不了黄忠，心里十分焦躁，当初夸出的海口，怎么才能兑现？否则，难以回见兄长和军师。于是重振精神，再发雄威，纵马来战黄忠。战不到三十余回，黄忠诈败，拨马逃回城中，关羽就在后面紧紧追赶，誓要与黄忠战出个高低。黄忠在前奔跑，见关羽拼命赶来，想起他昨日不杀之恩，便不忍心射他。当下带住刀，拿起硬弓却不安箭，只把根空弦用劲一拽。关羽听得弦响，连忙闪避，却不见有箭飞来，于是策马再赶。黄忠又虚拉一弓，关羽又急忙闪身躲避，却仍不见有箭。

关羽以为黄忠不会用箭，不过是虚张声势吓他，于是放心赶来。这时黄忠已到吊桥，看看关羽赶近，就搭箭开弓，弦响箭到，一箭射在关羽头盔的缨根上，城中兵士齐声呐喊。关羽大吃一惊，急忙拨马而回，带箭回寨，关羽摘下头盔，见那箭深深扎在缨根之中，才知道黄忠确有百步穿杨的真功夫，才明白黄忠两次空弦、一次射他缨根，正是报答他昨日不杀之恩。

黄忠回到城中，来见韩玄。韩玄喝令左右将黄忠推出斩首。黄忠大叫："无罪！"韩玄怒气冲天，说道："我已看了三天，你还敢欺骗我？昨天马失，他不杀你，今天你箭不射他，定是与他有来往，怎么还狡辩无罪？今天若不杀你，必成后患。"众将正待求情，韩玄怒道："凡是求情的人，便是同党，一律处死！"于是喝令刀斧手快推出城门外斩首。刚推到门外，忽见一将挥刀杀来，砍散刀斧手，救起黄忠。黄忠一看，原来是大将魏延。魏延救了黄忠，并不罢休，大喊道："黄汉升是长沙的保障！韩玄残暴不仁，轻贤重色。今杀汉升，就是杀长沙百姓！不如杀了这家伙。愿随者就跟我来！"魏延振臂一呼，相从者有好几百人，黄忠阻拦不住。只见魏延杀上城头，一刀将韩玄砍为两段。然后提头上马，带着百姓，出城来投关羽。

关羽正在寨中纳闷，不知如何再攻长沙。忽报魏延杀了韩玄来投，关羽转忧为喜，即随魏延入城。安民已毕，关羽派人请黄忠出来相见，黄忠托病推辞，不肯来见关羽。关羽即派人去请刘备、诸葛亮。刘备、诸葛亮率大军已到城外，见得长沙，欣喜万分，于是进城。关羽将刘备、诸葛亮接入大厅，把攻城的事详细述说一遍。刘备立即亲往黄忠家中相请，黄忠这才肯归顺刘备。关羽与黄忠握手相见，心中自是一番感佩。

智勇双全，胆识过人

• • • •

建安十七年（公元212年）春，刘备进川与益州牧刘璋相会，意在逐步吞并西川，实现自己的宏图大志。副军师庞统主张速行此事，极力劝说刘备火速进兵。结果在攻打雒城（今四川广汉北）时，庞统中了蜀将张任埋伏，被乱箭射死于落凤坡（今四川德阳罗江镇西南白马关下）。刘备痛哭不已，无心再战，便派关平去请诸葛亮。

此时诸葛亮领着一班文武坐镇荆州。忽报关平来到，呈上刘备书信。大家见折了庞统，也都大哭不止。诸葛亮忍住哀声，说道："既然主公在涪城（今四川绵阳东），进退两难，我不得不前去辅助。今日便行。"关羽急问："军师去了，谁人来守荆州这块险要之地啊？"诸葛亮回道："主公信中虽不写明让我量才委用，今命关平持信前来，意思很明显，是要让云长将军担此重任。"说着，诸葛亮手捧印绶，嘱咐关羽："将军守荆州，北挡曹操，东抵孙权，此任非同小可。云长应尽心尽力啊！"关羽毫不推辞，慨然领命，表白道："大丈夫既当重任，定然尽心竭力，死而后已！"诸葛亮再嘱咐道："我送将军八个字，将军如能牢牢记取，就能守住荆州。"关羽忙问哪八个字，诸葛亮意味深长地说："北拒曹操，东和孙权。"关羽十分感动，高声答道："军师所说的话，我一定铭刻在心，时时不忘。"自此，关羽遂领着马良、伊籍、糜竺、糜芳、廖化、关平、周仓等一班文武，守在荆州。

诸葛亮入川，辅佐刘备，很快并吞了西川。东吴孙权得知此事，就召张昭、顾雍等人商议。孙权说："当初刘备借我荆州时，说取了西川就还荆州。今他既已得巴蜀四十一州，须派人前去索取江汉诸郡。如其不还，即兴兵征伐。"张昭谏阻道："东吴近来才安宁一些，不可动兵伤民。我有一计，使刘备将荆州双手奉还主公。"说着，靠近孙权，耳语一番。孙权听后大喜，就依计而行。

这一日，诸葛亮得知家兄诸葛瑾到了成都，忙去馆驿会见。诸葛瑾见了孔明，放声大哭。诸葛亮心中有数，问道："兄长有事尽管说，何必大哭不止呢？"诸葛瑾哭着说："我一家老小全完了！"诸葛亮说："莫不是为了我主公不还荆州？而因孔明之故拘下兄长老小？兄长不必忧虑，弟自有计还荆州。"诸葛瑾闻言大喜，遂与诸葛亮一起去见刘备。刘备见是来讨荆州，怒道："荆州本来是要还的，可恨孙权偷偷将我夫人索回。他既这样无情，我还有什么脸面？如要厮杀，尽起大兵来好了！过去在荆州，我丝毫不怕他，何况今日我已占西川，拥兵数十万，粮食丰足，可支二十年。我正想大兵下江南呢，看你的吴侯还敢不敢来取我荆州！"诸葛亮一听，哭拜于地，说："吴侯已将孔明兄长一家老小拘在狱中，若不还荆州，都将被杀。兄死，孔明怎么能独活于世上！望主公可怜我兄弟之情。"刘备似乎怒气未消，待了半晌，才慢慢说道："既然如此，看在我军师面上，分荆州一半还东吴，将长沙、零陵、桂阳三郡给他。"诸葛亮说："主公既已答应，可修书给云长，令他交割三郡。"刘备随即写了一封信交予诸葛瑾，并说："子瑜到荆州，要用好话求关羽。我那二弟性如烈火，我都让他三分，你一定得小心谨慎！"

诸葛瑾辞别刘备、诸葛亮，取道来到荆州。关羽请入，坐于堂中叙话。诸葛瑾一边拿出刘备的书信，一边对关羽说："望将军先将三郡交付与我，好让我回见吴侯。"关羽一听，勃然大怒，那红脸变得更红了，发怒道："我与兄长桃园结义，誓同生死，共兴汉室。兄长既将荆州交我把守，反过来怎么又叫东吴来取，这是什么道理？江汉这几郡都是我汉家疆土，怎么能随随便便就把土地送给别人？"诸葛瑾见关羽怒火冲天，吓得胆战心惊，于是哀求道："如今吴侯把我一家老小都押在监牢，不还荆州，我一家都得斩首！"关羽冷笑一声，洞察秋毫，说："此是吴侯诡计，怎么能瞒得过我！"诸葛瑾再求："将军今天怎么如此不讲情面？"关羽抽剑在手，断然喝道："别再多话！否则，这宝剑可真的不讲情面了。"关平一旁见了，慌忙劝阻道："如果杀了他，有碍军师情面，还望父亲息怒！"关羽把剑挥一挥，插入剑鞘，轻蔑地看着诸葛瑾，说："如果不看军师面子，定叫你回不得东吴！"

诸葛瑾满面羞愧，慌慌张张到江边上船，再往西川见诸葛亮。诸葛亮领人出巡视察去了，诸葛瑾只得去见刘备，哭诉关羽要杀他的经过。刘备显得很为难，搪塞道："我弟性情刚烈，是很难说得通的。你不妨暂且先回去，等我得便去取了东川、汉中诸郡，那时调关羽离开，便将荆州交付东吴。"诸葛瑾毫无办法，只得空手回见吴侯，将经过细细述说一遍。孙权大怒，说："子瑜这一番前往，来回奔波，实是辛苦。大概都是诸葛亮定下的诡

计吧？"诸葛瑾急忙辩道："不是，不是。我弟也为我流泪哀求刘备，刘备才答应先还三郡。都是关云长阻拦，不肯交还。"孙权随即召集各位将领，下令道："刘备借我土地，拖延不还。如今刘备既有先还三郡之言，就派些官员去那三个地方赴任，且看他怎么办。"

不久，派出赴任的官员，一个个垂头丧气而回，对孙权禀告道："关羽不肯相容，将我等一一逐走，说'谁敢耽搁，必杀不饶'。"孙权闻言大怒，即差人唤来鲁肃，斥责道："你当初为刘备作保，借我荆州。今刘备已得西川，却仍不归还，这是什么礼数啊？"鲁肃十分惶恐，就献计道："我今有一计，请主公裁定。我等将兵马驻扎在陆口（今湖北嘉鱼西南，是东吴的军事要地），派人请关羽赴会。如他肯来，就以好言相劝，劝他交出荆州。他如不从，就在宴会上让刀斧手杀掉他。关羽如不肯来，主公便以此为由，发兵与关羽决一胜负，夺取荆州。"孙权沉吟道："鲁肃所言，甚合我意，即刻去办好了。"谋士阚泽急忙进言劝阻道："万万不可这样。关云长是名虎将，非等闲之辈可及。恐怕事不成功，反遭其害。"孙权发怒道："如你所说的那样，那荆州什么时候才能得到？无须多言，就按鲁肃说的去办！"

鲁肃告别了孙权，召集吕蒙、甘宁商议，在陆口寨外临江亭上设下聚会厅。然后写下请帖，派人送往荆州。关羽接过看了，毫不迟疑，即对来人说道："既然是子敬相请，我一定准时前往，你可先去报知。"使者拜辞先回。

关平见父亲同意赴会，十分着急，就劝道："鲁肃此邀，必怀恶意。父亲为什么会答应他呢？"关羽哈哈一笑，胸有成竹地说："我哪会不知他的险恶用心？这必是诸葛瑾回报孙权，说我挡住不还荆州，故而责备鲁肃。鲁肃这才设计邀我赴会，其目的是在索讨荆州。我若不去赴会，定说我胆怯，遭他耻笑。我明日便只驾一艘小船，随从十余人，单刀赴会，看鲁肃如何来算计我！"关平见关羽执意要去，再劝道："父亲万万不可亲入虎狼之窝。否则将会有负伯父的重托啊！"关羽毫不在乎，傲然说道："我在千军万马、枪林箭雨之中，匹马冲杀，纵横无阻，难道还怕他江东鼠辈！"谋士马良得知此事，也劝关羽："鲁肃人虽本分，有长者风度。但如今事急，也难免无坏心。关将军切不可轻易前去！到时后悔就来不及了。"关羽引经据典，慷慨陈词："春秋之时，赵国蔺相如手无缚鸡之力，在渑池会上，根本

不把秦国的那一帮大臣放在眼里，何况我曾学了一身功夫！既然已答应了，不去则会失信于人。"马良见劝阻不住，就提醒道："将军非去不可，应该做点准备。"关羽早已筹划妥当，说："只让我儿关平选快船十艘，藏伏善于水战的军士五百，在江上等候。一看我大旗招展，就过江来接应。"关平领命安排去了。

东吴使者回报鲁肃，说关羽慨然答应。鲁肃便与吕蒙商议起来，问道："关羽这番前来，情况如何？"吕蒙回道："他必定率兵马前来赴会。但我们应做两手准备：如有人马到，我与甘宁各领一队兵马，埋伏在岸边，以放炮为号，冲出厮杀；如无军马来，就在庭后藏刀斧手五十人，在筵席上杀掉他。"二人商议已定。第二天一大早，鲁肃就命哨卒站在岸口眺望。不久就见江面

上一只快船驶来。船渐渐靠岸，才清楚看见关羽身穿绿袍，端坐在船上，一旁周仓扶着大刀站着，八九个关西大汉各挎腰刀一口。鲁肃见关羽只身前来，既吃惊又怀疑，弄得手足无措，呆了一呆，才稳住情绪，接关羽入临江亭坐定。

不一会儿，侍从端上酒菜，摆开筵席。鲁肃执杯劝酒。由于他心中有鬼，显得十分窘迫，总不敢抬头面对关羽。关羽正气凛然，艺高胆大，席间谈笑风生，镇定自若，喝到脸红耳热之时，鲁肃终于仗着酒力，吞吞吐吐地对关羽说道："我有一句话想说给君侯听听。过去令兄通过我鲁肃在吴侯面前借得荆州，至今仍无归还之意，从道理上来说，这难道不是失信于人吗？"关羽见鲁肃终于提起荆州之事，不觉好笑，于是推托道："这是国家大事，筵席之间不便谈论。"鲁肃怎能止住，接着说："小小的东吴之所以把土地相借，是因为君侯等兵败远来，无处立身。今既已得了益州，却仍无奉还之意；只割出三郡交还，君侯又不肯从命。这是君侯失信于天下的行为啊！"关羽一听来了气，大声辩道："我兄为破曹贼，冒着生命危险，亲自率军死战，难道就没一点功劳？东吴不资助一块土地已经过分，如今足下竟要来收取本属于我兄的疆土！"停了一停，关羽不想再与鲁肃多说，就推托道："这些事情都是我兄一手掌管的，并不是我应当过问的。"鲁肃忙道："我听说你们兄弟桃园结义，誓同生死。左将军（指刘备）就是君侯，君侯就是左将军，为什么要推托呢？"关羽只顾吃菜喝酒，不再理他。周仓站在一旁，看得不服，高声叫道："天下土地，只要是有德行的人都可以居住，怎么偏偏是归你东吴所有？"关羽见时候差不多了，突然站起身，一把夺过周仓所捧的大刀，面对周仓，勃然大怒，喝道："这是国家大事，你怎敢多嘴多舌！"说着，两眼向周仓示意。周仓领会，忙跑向岸边，把"关"字大旗朝对岸招了几招，只见十艘快船如箭飞一般，奔向江东而来。

却说关羽右手提刀，就用左手一把挽住鲁肃手臂，令鲁肃动弹不得。关羽故作醉态，慢条斯理地说："老兄请我赴宴，不要提归还荆州之事，我酒多一醉，说起话来就可能伤了我俩多年的交情。改日请你到荆州赴会，以补今日之过。"说着，就牵着鲁肃，似醉非醉，半拉半拽地走向江边。鲁肃被关羽一把抓住，根本挣脱不掉。那青龙刀，随着关羽的脚步，明晃晃的，在眼前闪来闪去，吓得鲁肃魂不附体。吕蒙、甘宁见这幅情景，怕伤着鲁肃，只好远远地看着，不敢让军士下手。关羽一直走到船边，才松手放开鲁肃，一跃上船，然后站在船头，与鲁肃拱手作别。

鲁肃如痴似呆地站在岸边，宛如梦中一样。好一会儿，他的左臂仍在微微作痛，眼睁睁地看着关羽的船乘风而去。

巧施妙计，大败曹仁
· · · ·

　　岁月如梭，转眼之间又过去了七八年。关羽自单刀赴会之后，仍坚守在荆州，尽心尽职，叫东吴没有一点办法可想。

　　这时，刘备的势力越来越大了。诸葛亮等一班文武先推尊刘备为帝，见刘备坚决不肯，便劝刘备进位为汉中王，刘备推辞不掉，只得答应。于是在建安二十四年（公元 219 年）秋，刘备登坛受百官拜贺，立为汉中王。其他百官一一按功劳封赏定立爵位。曹操得知此事，勃然大怒，便要起兵决一雌雄。丞相府主簿官司马懿谏道："小臣有一计，无须大王兴师动众，就可叫刘备在蜀自受其祸。"曹操问他是什么计，司马懿说道："孙权曾将亲妹嫁与刘备，如今又将其妹取回江东。孙、刘两家已反目成仇，大王可派一个能言善辩的人，持书信去见孙权，陈说刘备罪过，命孙权发兵先取荆州，牵制住关羽。刘备肯定调东西两川兵马去救荆州。那时大王举兵去攻汉川，刘备便首尾不能相救，必败无疑。"曹操大喜，随即修书令满宠为使，连夜投江东去见孙权。

孙权看了曹操的亲笔信，立即与众谋士商议。诸葛瑾说道：
"我听说关羽自到荆州以后，刘备张罗做主为他娶了妻室，先生
了个儿子，后来又养了个女儿。女儿年纪尚小，还未许配婆家。
我愿前往，替主公世子求亲。如果关羽肯将女儿许配，就与他共
商破曹大计；如果关羽不肯，就同曹操连手，起兵去取荆州。大
凡出师征战都得有个名分道理。有了名分道理，军心就顺畅、士
气就旺盛了。"孙权觉得诸葛瑾说得很有道理，就先送满宠回许
都，而派诸葛瑾赴荆州为其说媒。

这一日，关羽正在府中理事，忽报东吴诸葛瑾来到。关羽
一向看不起诸葛瑾，见了面，简单地致了礼，就带着揶揄的口吻
问道："子瑜这次前来，有什么好事啊？"诸葛瑾顾不上他的讥
讽语气，顺着话头答道："倒真的是为件好事而来。我想，我的
弟弟孔明在汉中王手下谋事，所以才有此次来访，是想促成孙刘
两家结秦晋之好：我主吴侯有一儿子，十分聪明，东吴之人都赞
不绝口；听说将军有一千金，所以专程来向将军求亲。两家结为
亲家，和睦相处，以成大业。这实在是件大好事，请君侯考虑。"
关羽勃然大怒，挺身站起，大声说道："我的女儿是将门虎女，
怎么能嫁给他那鼠辈犬子！"说着，朝门外大喊一声："来人，
把这家伙赶出城去！"诸葛瑾吓得逃回江东。

见了吴侯，诸葛瑾不敢隐瞒，只得如实禀告。孙权气得浑身
发抖，咬牙切齿地说："关云长这般无礼，实在欺我太甚！"于
是唤众文武商议，要定攻取荆州大计。参谋步骘谏道："不可贸
然进兵。曹操想篡夺汉家江山，所担心惧怕的是刘备。今派使
来，命东吴起兵攻蜀，这是把祸端引到东吴身上，我们可不能上
当。"孙权说："我想攻取荆州由来已久，并不是听他曹操的话。"
步骘进一步阐述道："如今曹操的弟弟曹仁就屯兵在襄阳和樊城，
又没有长江之险，从旱路可直驱荆州，却如何不敢进兵！反让主

公渡江出击？就此一点便可看出曹操的用心。主公可派人去许都见曹操，让他令曹仁先从旱路去攻荆州，关羽必起荆州兵去夺樊城。如果关羽一动兵，主公可派一将悄去荆州夺城，一举可成。"孙权听了大喜，连称妙算。于是派人去许都见曹操。曹操即命满宠前往樊城为参谋官，助曹仁用兵攻城；一面令东吴从水路接应，同取荆州。

却说汉中王刘备在成都得到报告，知曹操联合孙权，要攻荆州，忙请诸葛亮商议。诸葛亮说："可差人给关羽送去官爵封赏，令他起兵去攻樊城，使曹操军士胆寒，攻势自然瓦解了。"刘备应允，即派前部司马费诗为使，带着封赏的状令，奔往荆州。

关羽得知费诗来到，出城相迎。致礼完毕，关羽问费诗："不知封我什么爵位？"费诗回："汉中王加封了'五虎大将'之职，将军居五虎大将首位。"关羽又问："是哪五虎将？"费诗回答："关羽、张飞、马超、赵云和黄忠五人。"关羽一听更来气了，怒气冲冲地说："翼德是我弟，孟起（马超的字）是世代名家望族，子龙也如同我弟一般，他们的爵位同我一样，是可以的。可那黄忠是什么样的人，竟能与我平起平坐？大丈夫终究不能与那些老兵摆在一起！"于是关羽不肯接受将印封号。

费诗见关羽这副模样，十分为难，想了想，就装出一副笑脸，来劝关羽："将军方才所言可就不是了。请听我说：大凡创立帝王之业的，不可能只信任重用某一两个人，而必须依赖众人的智慧和力量。比如，萧何、曹参从小就与高祖刘邦是乡里故交，而陈平、韩信是后来才从秦国逃亡过来的。论起地位，韩信封王，都在其他人之上，从没听说过萧何、曹参等人因此有什么抱怨。如今汉中王因黄忠立了一些战功，较为尊重他，加封他为'五虎将'。然而汉中王对待将军的那一片心意，哪里是黄忠可以同日而语的？何况汉中王与将军有结义之恩，如同一体，二人始终生死与共，同享祸福，不应该计较官号的高低、俸禄的多少啊！我不过是个小小的使者，是奉了汉中王的将命而来，如果不把这其中的道理告诉将军而草草回去，那是有负汉中王的使命的。请将军好好考虑。"关羽听了费诗这一番情真意切的话，恍然大悟，感动不已，对着费诗一再拜谢，哽咽道："我真是太糊涂了。如果不是足下开导点拨，差点误了大事。"说着，马上接下了费诗带来的将印。

费诗松了口气，这才拿出刘备手令，命关羽领兵去攻樊城。关羽说道："我早就想取樊城了，只是一直没得到主公命令。"说毕，立即调兵遣将，安排起来：命傅士仁、糜芳二人为先锋，率一军即去城外驻扎，明日与大军同行。二人领命而去。关羽这才设宴款待费诗。两人边饮边叙，谈得十分投机，直到半夜还兴犹未尽。忽一卒来报："关将军，城外寨中起火了。"关羽不知何故，连忙披挂上马，赶出城去。一打听，原来是傅士仁、糜芳二人饮酒，在帐后落下火种，烧着了火炮，炸得满寨震动，把军器粮草全部烧毁。关羽连忙指挥军士救火，直到黎明才把大火扑灭。关羽怒气冲天，回到城内，唤来傅、糜二人，训斥道："我让你二人做先锋，还不曾出军，却先把许多军器粮草烧了，火炮打死打伤自己人马。如此贪杯误事，留你二人有何用处！"关羽越说火气越大，一声大喊："来人，推出去斩了！"费诗连忙求情："未曾出师，先杀大将，恐于大军不利。不如暂免二人之罪。"关羽怒气不消，说："今天我看在费司马的面上，饶你二人不死。"于是命武士每人痛打四十大板，直打得皮开肉绽。然后免去先锋之职，罚糜芳去守江陵，傅士仁去守公安（今湖北公安）。关羽痛骂道："你二人两颗人头暂且寄存在脖子上。如又出差错，必二罪俱罚，决不宽饶！"傅、糜二人满面羞愧，连声应道："谢将军不杀之恩。小将一定尽职！"说完，退出帐外。关羽于是重做安排，命廖化为先锋，关平为副先锋，自己亲统中军，马良、伊籍为参谋。正要出发，忽报蜀使又到，带来汉中王之命，拜关羽为前将军，总领荆州、襄阳九郡事宜。众官都向关羽祝贺。关羽踌躇满志，遂率大军奔向襄阳大道。

曹仁在襄阳已得曹操将令，正要点兵启程去攻荆州，忽报关羽领兵先一步杀来。曹仁准备坚守不出，看看情形再做打算。副将翟元鼓动道："魏王命将军联合东吴同取荆州。如今关羽先出兵，正是送死来了，为什么要避而不战呢？"曹仁给他一番话说得改变了主意。参谋满宠谏劝道："我一向知道关云长勇而有谋，你们万万不可轻敌。不如坚守，才是上策。"旁边又闪出一将名叫夏侯存的，听了满宠之言，叫道："你这是秀才之言，哪里知道如何破敌！难道没听说过'水来土掩，将来兵迎'的话吗？何况我军以逸待劳，有什么可怕的。"曹仁遂不听满宠劝阻，令满宠守樊城，率大军离开襄阳，去迎战关羽。

关羽得知曹仁前来，就唤关平、廖化到跟前，耳语一番，授下妙计，然后令二人出阵迎敌。两边阵势摆开，廖化一马冲出，在阵前挑战。翟元拍马出迎。两人你来我往，战不多时，廖化诈败，拨马后逃。翟元乘胜追杀，直赶出二十余里，大胜而回。第二天，廖化又来挑战，翟元又胜，率军又赶出二十多里。正自得意，忽听得背后喊声冲天，鼓角齐鸣。曹仁大喊不好，忙命前军速回。翟元、夏侯存两支人马急往后撤，背后关平、廖化挥军返身杀回，杀得曹兵大乱，自相践踏，死伤无数。曹仁心知中计，急忙先领一军去救襄阳。眼看快到城边，只见前面路上红旗招展，一员大将横刀勒马站在路中，挡住去路，正是荆州关云长。曹仁早就领教过关羽的大智大勇，一见关羽，便吓得胆战心惊，朝襄阳边上拍马逃去。关羽见曹仁逃去，也不追赶，仍立马道中。不一会儿，夏侯存领兵来到，关羽驱马截住去路。夏侯存不知死活，挺枪来战关羽。关羽神威大发，只一回合，就斩夏侯存于马下。翟元见了，吓得惊慌失措，拍马要逃，被关平纵马赶上，也一刀斩了。关羽挥军，乘势掩杀，曹军人马无处可逃，大半淹死在襄江之中。曹仁率些残兵，只得退守樊城。

却说关羽领军进了襄阳，犒赏军士，安抚百姓，一派热闹、欢腾景象。关羽心中自也得意非凡，不禁有些飘飘然起来。随行司马王甫见了这番情景，却忧虑在心，便提醒关羽："将军一气攻下襄阳，曹兵闻之丧胆。依我看来，将军万万不可掉以轻心。如今东吴吕蒙屯兵陆口，常怀并吞荆州之意。若趁将军不在时，率兵径取荆州，那该怎么办？"关羽微微一笑说："这件事我早考虑过了，正想让你处理安排。你即去荆州江边，沿江选择高坡处建造烽火台，或者二十里一座，或者三十里一座，每台派五十名士卒把守。如果东吴军马渡江，晚上就用火炬，白天就用浓烟作信号。见到信号，我便率军亲去迎击。"王甫又提醒："将军责罚糜芳、傅士仁镇守两处关隘，我担心二人必不肯竭力尽心。因此荆州还须加派一人，用以统领荆州事务，督促手下各将。"关羽显得不耐烦，说："我已派潘睿担当此任，这人掌管荆州事务，还有什么不放心的？"王甫并不退让，继续进言："潘睿这人平生嫉贤怕事，而且贪财好利。这样的人执政，怎能秉公断事而不唯利是图呢？我以为应该让军中专管粮草的都督赵累来代替他。赵累为人忠诚，廉洁奉公。如果用他，可保万无一失。"关羽哪里听得进去，仍执己见，说："我向来知道潘睿的为人，并不如你所说的那样。既然我已经派定了，有什么必要再更换？赵累如今掌管粮料，也是非常重要的事。你就不必多疑多虑了，只需帮我建好烽火台就行了。"王甫见劝说不进，十分忧虑，只好辞别关羽，闷闷不乐地前往荆州江边，督造烽火台去了。

关羽则命关平收缴往来船只，乘胜去攻樊城。

攻打樊城，关羽遇劲敌

却说曹仁领着残兵退回樊城，见了满宠，实在惭愧而惶恐不安。待了半天，才对满宠说道："可恨我不听明公之言，致使损兵折将，丢了襄阳。如今该怎么办呢？"满宠显得十分宽怀，并不去讥讽曹仁，当下仍为曹仁谋划道："关云长是当世虎将，足智多谋，不可轻敌。当今之计，只有坚守。"

正在商议，哨卒来报：关羽渡江而来，要攻樊城。曹仁得报大惊，慌了手脚。满宠再谏道："无须出城迎战，只要坚守便行。"手下一将吕常出列请战，说道："我愿求兵数千，去将关羽大军挡在襄江之内，不容他们轻易过江。"满宠忙劝："不可，不可！"吕常见了，气从胸来，发怒道："按照你们这些文官的话，只能坚守，像这样处事，怎么能立功名于后世呢？难道没听过兵法上所说的'大军渡河一半时可出兵攻击'？如今关羽正率军渡襄江，为什么不出兵攻他？假使关羽兵临城下，站稳脚跟，再想攻他可就难了。我甘愿领兵前往死战一场！"曹仁听他说得也有道理，便不顾满宠之言，让吕常带五千兵马出城迎敌，自己也随同出阵。

吕常领兵出城，关羽已率军过江，正往岸上冲来。吕常正想挺枪去战关羽，谁知手下将士远远看见关羽横刀立马，威风凛凛，吓得就往后奔逃。吕常大声喝令："不许逃跑，不许逃跑！"却无一人听他的，士兵一个个像亡命的兔子，跑得飞快。关羽挥军掩杀一阵，吕常所率五千兵马死伤大半。曹仁随残军逃回城中，连夜派人赶往长安，向曹操求救。

曹操接到曹仁的告急文书，沉吟许久。然后指着大将于禁说道："你可领兵去解樊城之危。"于禁应声而出，慨然领命，禀告道："求魏王派一将作先锋，与我领兵同去。"曹操于是就问："谁人敢任先锋？"只见庞德奋然而出，说："我愿效犬马之劳，活捉关羽，献于魏王。"曹操大喜，当下赞道："关云长威震华夏，未逢对手；今遇庞德，可是劲敌了。"于是封于禁为征南将军、庞德为征南先锋，并拨精兵七军（一万二千五百人为一军）由其率领，第三日便要出发。

却说于禁当天晚上又到曹操府中求见，说出一番话来，使曹操猛然醒悟，立即传令庞德到府，要他交出先锋印。庞德大惊，就问原因。曹操回答道："底下将领报告，说你故主马超、亲兄庞柔都在西川辅佐刘备。我即使不疑，无奈众口难平，因此不用。"庞德听了，急得脱下帽子，叩头不止，直叩得血流满面，然后申诉道："我自汉中投降魏王，深受大王厚恩，即使肝脑涂地也不能报答，为何要怀疑我呢？我在故乡时，与家兄住在一起，嫂子不贤，嫉妒庞德，于是我趁醉将她杀了。家兄庞柔恨之入骨，誓不相见，情义早就断了。故主马超有勇无谋，不能礼顺下士，所以只得孤身入川。庞德深感大王恩德，怎敢生异心而有负大王之托呢？望大王明察。"曹操离座，亲自扶起庞德，安慰道："我向来知你忠义赤诚，前面所说的话，不过是为了堵堵众人之口罢了。爱将切勿顾忌害怕，可努力杀敌建功。"

庞德感激涕零，拜辞曹操回家，命工匠连夜赶造了一口棺材。第二天，庞德邀请亲朋好友到家中赴宴，将棺材放在厅堂中央。亲友一看棺材停放在中堂上，都吃惊不小，就问庞德："将军领兵出征，为什么要用这东西？"庞德端起酒杯，面对众亲友，慷慨陈词："我受魏王厚恩，誓死相报。如今要去襄阳、樊城迎战关云长，拼个胜负高低。不是他死，就是我亡，所以先备下这口棺材，绝不会让他空着回来。"众亲友听了这一番话，都掉下泪来。庞德敬酒已毕，就告别妻子，命亲随抬上棺材，率先出发。庞德手下有五百勇士，都是庞德心腹之人，当时也不明庞德抬口棺材出战的意图。庞德于是吩咐："我今日去和关云长决一死战，如我被他所杀，你等取我尸体装回；如我杀了他，你等则急去取他尸体，装于棺内，献于魏王。"众人听了，也都慷慨激昂，愤然前行。有人将庞德此事告知曹操，曹操很不放心，派人传旨劝诫道："关羽智勇双全，切不可用蛮力去拼。可取则取，不可取则小心护守。万万不可意气用事。"庞德听了，只是发笑。众人又问，庞德回道："我料此番出战，一定能毁掉关羽三十年的名声，魏王又何必多虑！"于禁一旁劝道："魏王之言，不可不从啊！将军须好好反省反省。"庞德根本听不进去，奋然催军赶路。一路上鸣锣击鼓，耀武扬威。

关羽率军围住樊城，天天攻打。无奈城高池深，难以攻破。曹仁依从满宠之言，坚守不出，致使关羽一时想不出破城良策。这天，关羽正坐在帐中寻思破城计策，忽听帐下有人报告："将军，曹操大将于禁率七支精兵来救樊城。前部先锋庞德，军中抬出一口棺材，扬言要与君侯决一死战。如今离樊城只有三十里了。"关羽听了，一纵而起，勃然变色，胸前长髯拂拂飘动，大怒道："天下英雄，闻我关云长之名，全都缩着脑袋仓皇奔逃。庞德这小子，敢藐视我！"顿了一顿，随即喊道："关平！"关平应声而来。"你领兵继续攻打樊城。我亲自斩了庞德这匹夫，以洗刷他对我的毁谤！"关平见父亲动怒，恐于身体不利，就劝道："父亲已有三十年的英名雄风，何必因一句侮辱的话，就要不顾自己身体性命，去以自己泰山之重与一块小小的顽石争高低？儿子不才，愿代替父亲去战此人。"关羽怒气难消，说："我自出战以来，哪一次不身先士卒（作战时将帅亲自带头，冲在士兵前面，现泛指领导带头走在群众前面）？庞德是什么东西，竟敢来污辱我！"关平再劝："为儿听说世上有句俗话，叫'螳臂当车，不自量力'。量庞德小小鼠辈，何必父亲劳神亲自出马！"关羽终于被关平劝住，吩咐道："你先去打一仗看看，我随后就来接应。"

关平领命出帐，提刀上马，率军迎战庞德。不一会儿，两军相遇，各自摆开阵势。只见魏营中一面黑旗，上写"南安庞德"四个大字。旗下站着庞德，青色衣袍，银白铠甲，手执钢刀，身骑白马。背后紧随五百勇士，十几个小卒抬着棺材走出阵来。关平看在眼里，气在心头，大骂道："西羌小卒，背主之贼！敢来侮辱我！"庞德问身边人："这是谁？"旁边一军士回道："这是关羽的义子关平。"庞德听是关羽义子，遂动怒大叫起来："我奉魏王令旨，专来取你父亲头颅！你不过是个乳臭未干的小儿，我不杀你，快去换你父亲来战！"关平怎能咽得下这口气，便催动战马，舞刀直奔庞德。庞德挥刀架住。两人一刀来，一刀去，打了三十多个回合，不分胜负。看看天色已晚，两军各自安歇。

关平派手下将领报知关羽，关羽得报，怒火又起。于是安排廖化去攻樊城，自己则跨上赤兔马，立即赶往关平寨中。关平接住父亲，把与庞德交战情况详细禀告，说已战两次，都不分胜负。关羽也不休息，随即来到庞德寨前挑战，大叫道："关云长在此，庞德还不早来受死！"庞德在寨内听见，立即披挂上马，挥刀冲出寨门，一见关羽，便高声大叫："我奉天子诏、魏王旨，特来杀你！恐怕你不相信，因此准备了一口棺材。你如果怕死，可早点下马投降！"关羽见他说出这番大话，怒不可遏，破口大骂："量你一个匹夫，有什么能耐！只可惜我的青龙刀，竟要杀你这般无名鼠辈，把我的宝刀都弄脏了！"说着，拍马挥刀，向庞德砍去。庞德举刀相迎。两人你来我往，各不相让。只见两匹战马奔来奔去，忽离忽合；两人大战一百多回合，却越战越勇，精神越战越旺！尤其是关云长，那矫健的身姿，那纯熟的刀法武艺，那不知疲倦的神气劲头，哪里有一丝一毫的老态！关羽身跨赤兔马，手舞青龙刀，往来纵横，进退自如，长髯如一面旗帜，在胸前飘展，迎着宝刀上下拂动。这等凛凛雄风，几人曾经见过？真把两边的将士都看得如痴如醉，心里充满了无限的钦敬与羡慕！庞德也丝毫不差，况且他正当壮年，武艺又高，关羽也奈何不了他。突然魏军里一阵锣响传出，这是庞德手下怕先锋有失，所以急忙鸣金收军。关平担心父亲年老，气力难支长久，也鸣金催父回阵。于是两人各自收刀回寨。魏军将士回营路上，纷纷议论，对关羽赞不绝口："过去只听人说关羽是英雄，今日一见，果然名不虚传！真是百闻不如一见啊！"有个士卒瞧瞧庞德走远，悄悄说道："关将军都快六十岁啦。要是年轻一点，只怕庞先锋不是对手。"其他人听了，也都频频点头。

关羽拍马回寨，不禁在儿子面前赞起庞德来："这家伙虽口出狂言，但武艺确实不错。真是我的对手！"关平见父亲似乎还厮杀得不过瘾，担心再战会吃年老的亏，就劝道："俗话说，初生牛犊不怕虎。父亲即使杀了庞德，他也只不过是西羌的一名小卒罢了。如果有什么闪失，父亲可就不值得了，而且还会辜负了伯父镇守江山的重托。"关羽十分生气，骂道："懦夫！我不杀此贼，怎能解我心头之恨？我主意已定，不许再多说。"关平不敢再劝。

第二天，关羽持刀纵马，再去挑战。庞德已出寨。关羽见庞德到来，厉声骂道："今天我要与匹夫决个胜负！不决出胜负，不许收兵！"说罢，催马冲向前去。两人大刀又对舞起来，比昨日更是见出功夫：一招一式，精彩绝伦，上下左右，到处是刀在晃，看得人眼花缭乱，目不暇接。战到五十余回合，庞德拨马转身，拖刀而跑。关羽纵马赶上，口中喊道："鼠贼想使拖刀诡计吗？我会怕这套把戏！"于是紧追不舍。庞德故意装出一副拖刀的架势，却把刀挂在鞍鞯上，然后腾出手来，偷偷抓起雕弓，搭上利箭。关平见父亲追赶庞德，生怕有失，也随后赶来，清楚地看见庞德在引弓搭箭，便大叫："贼将休放暗箭！"关羽听见关平喊声，忙抬头闪身急躲，却已迟了一步。庞德一箭正中关羽左臂。关羽忍住疼痛，伏在马上。关平赶到，立即救回父亲。

庞德收起雕弓，抢起大刀，拍马追赶关羽。忽听本营锣声大震，庞德怕后军有失，急忙勒马回头。原来是于禁见庞德箭中关羽，怕他成了大功，灭了自己威风，于是鸣金催回。庞德回营问他原因，于禁却以曹操的诚言来搪塞，说："关羽智勇双全。他虽中将军一箭，我恐其中有诈，所以鸣金收军。"庞德并不知于禁真心，只是懊悔失去了一次良机。

关羽回到寨内，拔了箭，幸亏射得不深。关平便用金疮药替父亲敷好。关羽更是对庞德恨之入骨，对着众将高声说道："我誓报这一箭之仇！"大家都劝道："将军不可轻敌，先休息几天再说。"第二天，哨卒来报：庞德在寨前挑战。关羽听了，就要出寨迎击，被关平与众将苦苦劝住。

大败曹军，威震华夏
· · · ·

　　却说关羽大战庞德，冷不防中了庞德一箭，只得静下心来，一边养息，一边寻思对付于禁、庞德的计策。几天过去，箭伤已经愈合。忽得关平报告，说于禁已将兵马移往樊城以北十里处下寨，不知是什么用意。关羽于是跨上战马，带领关平等十余位将领，登高巡察眺望。只见樊城城头上军旗零乱，兵士惶惶，一幅衰败凄凉景象。再往城北看去，丘陵起伏，于禁七军都驻扎在山谷之中，水势湍急的襄江、白河正在那里会合。关羽看罢地形，就唤军中向导问道："樊城北面那片山谷，叫什么名字？"向导回复："叫罾口川。"关羽一听大喜，说："于禁就要被我活捉了。"随行将领都不明关羽之意，就问："将军凭什么知道能活捉于禁？"关羽解释道："罾口就是网口。'鱼'进了网口，难道还能跑得掉？"众将以为关羽只不过是在玩文字游戏，都不信。关羽巡视一番过后，兴冲冲返回营寨。

　　这时正是初秋季节，老天突然下起雨来。这雨不仅来势凶猛，而且一连下了好几天。关羽便命军中准备船只和木筏等涉水用具。关平很是奇怪，就问父亲："陆上交战，为什么要准备这些涉水用具？"关羽甚是得意，教导关平："这你就不知道了。如今于禁率部七军，本应当将兵马驻扎在宽敞平坦的地方，却不知其中奥妙，而将兵马聚缩在险要狭窄的地方。这几天秋雨连绵，而且还没转晴的趋势。估计不出数日，襄江水一定暴涨。我已派人去堵住各处水口，提高水位。等大水来时，我军登高乘船，然后破岸放水，那样一来，樊城、罾口川的曹军，都成了网中鱼鳖。"关平恍然大悟，对父亲更是添了几分敬佩，连声赞道："父亲神机妙算，小子无才，哪能知晓其中奥妙！"

连日大雨，罾口川内到处是积水。眼前滔滔江水汹涌而去。于禁军中有位都督姓成名何，见这幅情景，内心不免担忧起来，就在于禁面前进言道："近日秋雨滂沱，随处积水，兵士整天都陷在泥水之中，十分辛苦。听说关羽已将兵马移往山坡驻扎，又在积极准备船只木筏。而我军仍驻扎在山谷川口之中，地势很低，万一江水暴涨，将军怎么能够脱身？"于禁自以为是，不仅丝毫听不进去，反而大声呵斥："匹夫竟敢扰乱军心？再说这样的话，定斩不饶！"成何见劝不进去，于是闷闷退出。想了想，就冒雨前往庞德寨中，将上面一席话又对庞德述说一遍。庞德听了成何的忧虑之言，大受启发，说："你说得对。于将军不肯移寨就由他去，我明日就把兵马移往高处。"

这天夜里，风雨大作。庞德坐在帐内，听见风雨声一阵紧似一阵，心里的担心也就越来越重，心想明天一早就须赶快移寨。突然，一阵嘈杂、喧叫之声从四面传来。庞德大吃一惊，急忙出寨来看，只见滔滔江水澎湃而来，七军将士慌得手足无措，到处乱窜，成群战马仰头嘶鸣，四下奔逃。转眼之间，大水便漫过营帐，足有一丈多深，成千上万的士兵淹在水中，哭爹叫娘，不识水性的，或被淹死，或被大浪卷走，那情景实在是惨不忍睹。于禁、庞德与众将领登上小山避水。小山也刚露出水面，像个馒头尖，大水就在脚下汹涌，惨叫声不时从四面传来，隐约见些人头在动，然后又是灰蒙蒙的一片。于禁、庞德困在水里进退不能，自顾不暇，眼睁睁看兵士被淹死、被冲走，心里害怕，懊悔莫及。

于禁七军被大水一冲，淹死大半，只有少数侥幸者跑上小山，虽捡了条性命，但那一晚上的苦楚，自是难以言表。不说于禁、庞德等在水中受煎熬，却说关羽这天晚上，特别得意兴奋。他抚摸长髯，站在帐门前，静静看着瓢泼大雨，聆听呼啸而来的阵阵风声，像是在欣赏一首慷慨激昂的乐曲，不时点头叫好。他透过雨帘，透过夜幕，向樊城北面望去。虽然只是灰蒙蒙一片，什么也看不见，但在他的脑海里，却清晰地浮现出被水淹没的曹军狼狈相：一个个惊慌失措，仓促逃窜；一个个怨天尤人，哭爹喊娘；庞德小子大概坐在棺材里被大水冲得晃来晃去，不知东南西北！关羽看着、听着、想着，不禁浑身发热，兴奋不已。突然，关羽大喊一声："关平！"关平应声便到跟前，"传令下去，命军士好好睡上一觉，明日一早去收拾于禁、庞德！"

第二天清晨，关羽即亲率众将士，坐上早已准备好的船只木筏，顺襄江而下，来到罾口川，一路上令军士齐声呐喊，猛劲擂鼓，樊城及罾口川的曹军听见了，个个心惊胆战。到了罾口川，只见大水一片，零零落落的小山头上，挨挨挤挤站着一群一群的曹军将士，个个疲惫不堪，衣衫散乱，冻得哆哆嗦嗦。关羽站在一艘大船上，指挥兵士将船靠近一个较大的山头，见于禁畏畏缩缩站在中间，于是大喊："于禁还不快快投降！"于禁见无路可逃，左右只有五六十人跟随，都无力应战，只好乖乖降了关羽。曹军见于禁投降，更无斗志，于是各个山头纷纷放下武器，乐得捡条性命。

最后，只剩下一座山头的曹军还在抵抗。关羽命将士把山头团团围住，一看原来是庞德及手下几十名士卒。关羽大喝："庞德小儿，如今你知道我关大爷的厉害了吧！还不快快投降，免你不死！否则，死无葬身之地，只能落水喂鱼！"庞德也不答话，拈弓搭箭就向关羽射来。关羽大怒，命军士一起放箭。

庞德身边的士卒一下子倒下一大半。有一将领向庞德哀告："我等既不能跑，又战不过。不如趁早投降吧！"庞德怒不可遏，一刀将他杀了，厉声高叫："谁敢劝我投降，这便是榜样！"说着愤然迎战，从早晨一直战到中午。关羽命军士一起放箭，那箭如密雨向庞德飞去，庞德挥舞宝剑，使宝剑呼呼作响，密不透风，把来箭一根根全都击落。几个士兵驾艘小船，想近前去捉拿庞德，没料到庞德纵身一跃，跳上小船，挥剑杀了船中士卒，然后一手提剑，一手摇桨，要往樊城逃跑。这时候，上游一只大船过来，将庞德小船撞翻，庞德掉入水中。大船上一将原来是周仓，立即跃入水里。周仓不仅水性好，而且力气大，在水里一把抓住庞德衣领，往下一按，又朝上一提，反复几次，把庞德呛个半死，然后捉上船来。至此，于禁所率七军全部被收拾干净：淹死大半，投降近万人，两员主将都被活捉。顿时，襄江之上一片欢声雷动，关羽等将士喜气洋洋，高唱凯歌，依次归寨。

关羽回到寨中，立即升帐，令士卒押过于禁。于禁吓得魂不附体，连忙跪倒在地，不停地磕头，乞求关羽饶命。关羽见于禁那副脓包（讥称无能或者无用的人）样子，很是鄙夷不齿，喝道："早知如此，你还敢来同我对阵！"于禁无可奈何地说："并不是我自己要来，而是受命差遣，身不由己啊！还望将军怜悯。"关羽手扶长髯，冷冷笑道："杀你这样的人，就像杀条狗一样，白白弄脏了我的大刀！"于是命人押往荆州大牢监管，说："等我回荆州时，再作发落。"

押下于禁，关羽又命押上庞德。庞德见了关羽，傲然站立，并不下跪，而且两眼圆睁，怒气冲冲地盯着关羽。关羽见庞德是条硬汉子，武艺又高，心中十分赏识，就想招为己用，当下劝道："你家兄今在汉中，故主马超也成了我兄大将。我早想招你为将。如今被我活捉，还不快快投降？"庞德破口大骂，誓死不降。关羽即命刀斧手推出庞德斩了，并以礼葬之。

第二天，关羽召来各位将领，传令道："如今襄江水大，樊城已困在水中。我们要趁水势未退，一鼓作气，抓紧攻城，再建大功。"众将点头称是。于是重登大船木筏，去攻樊城。

却说樊城周围，早是白茫茫一片。那水还在一天天上涨。城墙被水一泡，很多地方开始塌落。城中军士、百姓日夜挑土搬砖，也来不及填补。水势翻滚，大浪滔天，不断往城墙上撞击，整座城池似乎摇摇欲坠，看起来十分危险。而且关羽还驾着船只，指挥士兵不停攻城，更增添了城中的恐怖气氛。

曹仁手下的一些将领，因孤城水围受攻，惶惶不可终日（形容非常惊恐，连一天都过不下去），慌忙来劝曹仁："今天受此危险，并不是我等之力能够挽救的了的。趁关羽还未破城，赶快驾船趁着夜色逃走。虽然丢了城，毕竟还能保住一条命。"曹仁听了，打算准备船只，弃城而逃。满宠忙又出来阻止，曹仁似乎很有道理地辩道："城就要被水冲塌了，怎么能够久守呢？"满宠很有信心，再劝道："围城之水是突然而来的山洪，是不可能总停留在这儿的。要不了几天，这水必然退去。大水一退，城就好守了，将军还有什么可怕的！"曹仁听了满宠一席话，茅塞顿开，拱手称谢："若不是先生教我，差点误了国家大事。"于是，曹仁登上城头，会聚众将传令道："大家各自努力，誓死守住樊城。再有说弃城逃跑的，格杀勿论！"众人得令，不敢懈怠，于是日夜加紧防护。

关羽虽天天率军攻城，但急切之间，一时也难以奏效。

将军神勇，当世无双
••••

关羽领兵围住樊城，只因有后顾之忧，不敢将兵马全部用上。由于兵力不足，樊城久攻不下。渐渐大水退去，城就更难攻了。关羽的心情不免焦躁起来。这天，他领着兵马又来到樊城下，勒住马匹，扬鞭指着城上大声喝道："你们这些鼠辈，躲在城里不敢出来。快快出城投降，饶你等不死！不然的话，待我攻破城池，杀得你等片甲不留！"关羽骂得起兴，浑身发热，索性脱去盔甲，解开衣襟，旁若无人似的，拍马在城下踱来踱去。

突然，一阵箭雨从城上密密麻麻朝关羽射下，一支冷箭不偏不倚正中关羽右臂。疼痛难忍，身体一斜，把持不住，顿时跌下马来。原来曹仁见关羽骂阵，一直不予理睬，而是悄悄观察关羽动静。一见关羽脱去衣甲、麻痹大意起来，立即唤来五百兵卒，拈弓搭箭，一起朝关羽射来。这真是明枪易躲，暗箭难防，果然一箭射中了关羽。曹仁见关羽落马，大喜过望，忙领兵杀出城来，想乘机活捉关羽。关平又急又气，挡住曹仁兵马。

关羽在关平等人的扶持下，回到寨中，命人立即拔箭。关羽愤愤不已，口中骂道："曹仁小儿，竟敢暗箭伤我。不报此仇，誓不为人！"关平见父亲拔出中箭后，血流不止，湿透了整个衣袖，原来箭头有毒药，毒已入骨，右手臂又青又肿，难以动弹，不禁慌了手脚，侍奉父亲躺下，与其他将领一起退出帐来，心情不安地同他们商议起来。关平说："父亲此次中箭，不比上次，看来较为严重，如此臂受损，便不能挥刀上阵了。不如请父亲暂时返回荆州，养好箭伤再做打算。诸位将领认为怎么样？"王甫已从荆州回营，在众将领中是既能干又有头脑的一个，听了关平一席话，立即应道："你所说的正与我的想法一样，确实以劝关将军暂回荆州为宜。"其他将领也纷纷同意。关平见大家意见一致，就与王甫同入帐中，来劝父亲。

关羽受了箭伤，心中愤愤不平，哪能在床上躺得住！一见关平他们出去，便立即坐起来，思考着攻城、报仇的事，根本顾不上箭伤的疼痛。正想着，关平、王甫走进帐中，关羽问道："你们进来是有事告诉我？"话语中的口气十分生硬，关平话到嘴边，吓得不敢张口。王甫壮起胆子，斟词酌句地说道："刚才我们商议了一下，特来劝将军暂时领兵回荆州，把箭伤调养好了再做打算。"关羽见他们果然是来劝自己退兵的，火就不打一处来，冲口大喝："我攻取樊城，不过就是这一两天的事。我的心愿，是要在除了樊城这个后患之后，长驱直进，一气打到许都，消灭曹操那贼，复兴我汉家江山！怎么能因为受了点小小的箭伤就退兵，耽误大事！你们休要在这扰乱军心！还不快快退下！"关平见父亲动了气，吓得不敢说话，王甫的心里又敬佩又担心，脸上露出了惭愧的表情，知道劝不进去，就与关平退出帐外。

关羽喝退众将，根本不愿意回荆州医治箭伤，但右臂却越来越肿，疼痛不已。为了稳住军心，关羽在众人面前始终显出若无其事的样子。大家见关羽伤重不能上阵，又不肯退兵，只好耐心等待。几天过去了，关羽的箭伤仍没有一点好转的样子，大家心里更加着急起来，就派人四处寻访名医给关羽治伤。找来了一些医生，一见关羽的手臂，都连连摇头，不敢下手医治。关羽总是安慰大家，说用不着医生，再养息几日就好了。关平等人哪里放心得下，于是再派人寻访名医。

这一天，一艘小船从江东划桨过来，船上跳下一人，径直来到关羽寨前，说是要见关羽关将军。哨卒忙引他去见关平。关平细细打量一番，见来人手臂上挽着一个青色口袋，不觉有些奇怪，正要发问，却听那人自我介绍起来："我姓华，单名一个佗字，表字元化，是沛国谯郡（今安徽亳州）人。早听说关将军是天下闻名的忠义之士。得知将军身中毒箭，今天特地来为他医治。"关平早听说过华佗的大名，忙追问一声："你就是神医华佗？"华佗十分谦虚，应道："神医不敢当，在下正是华佗。"关平见果真是神医华佗，高兴得不得了，连忙请众将领、谋士来见华佗。大家都知华佗医术高超，见了面，一片啧啧称赞。关平深深鞠了一躬，恭恭敬敬地说："神医前来，我父手臂有救了。我代父亲和各位将领，向华神医表示衷心的感谢！"华佗连忙说："不必客气，不必客气。快带我去见关将军吧。"

关羽自受箭伤，虽是疼痛，但怕扰乱了军心，一天到晚总是坦然无事、轻松自如的样子，叫人看不出丝毫的痛苦。这时，关羽正在帐中与谋士马良下棋，正是绞杀得难解难分之时，关羽左手叉腰，右手搁在桌上，两眼紧盯在棋盘上，全神贯注，根本没注意到关平已领着华佗进来。关平走到关羽身边，悄声禀道："父亲，神医华佗来了，要为父亲治伤。"关羽连忙起身，抱歉地说："神医远来，关某失敬了。请坐，敬茶！"

华佗见关羽风采，心中甚是敬佩。品了几口茶后，就要关羽伸出伤臂让他察看。关羽脱下衣袍，伸出受伤手臂，华佗仔细看了看，诊断道："此臂所中是枚毒箭。如今箭毒已透入骨头，再不医治去毒，恐怕这手臂就要残废了。"关羽见华佗说得有理，就问："神医打算用什么药为我除毒？"华佗回道："不说为好。说出来惹将军害怕。"关羽不禁哈哈大笑，说："我视死如归，还有什么值得害怕的！"华佗越发敬佩起来，说道："请将军命士卒在帐堂中立一根大木柱，在木柱上钉一大铁环。将军把手臂穿入环中，然后用绳子系紧，再用毛巾蒙住眼睛。医治时，我用尖刀割开将军伤口，剜去烂肉，一直要割到骨头为止。再用尖刀刮去骨头上的箭毒，然后敷上药膏，用线缝好伤口。如经这样一番医治，保证将军平安无事。只是担心将军受不了疼痛。"关羽又笑起来："这样医治太好办了，有什么好怕的！我连柱环都不要，任神医下刀。"说着，一转身，下令设宴款待华佗。

不一会儿，酒菜端了上来。关羽恭恭敬敬地对华佗说道："关某受伤，有劳神医。请饮此杯，略表关某心意。"说着一饮而尽。华佗饮过，反过来又敬关羽。如此敬来敬去，关羽已连喝了几大杯。趁着些微酒意，关羽伸出手臂搁在桌上，痛痛快快地说："请神医下刀。"一面又对马良说："来来来，咱们把这盘棋下完。"于是关羽一边下棋，一边祖着手臂让华佗医治，既全神贯注，又神态自若，像超脱了凡间尘世，忘却了身边一切。

华佗从青布口袋里取出尖刀，握在手上，命一士卒捧一大木盆接在关羽手臂下。做好准备，华佗说道："我就要动手了，请将军不要惊慌。"关羽两眼直视棋盘，头也不回，镇静自若地答道："神医尽管下刀吧，我可不是世上那些凡夫俗子好比的。随神医怎样下刀，关羽保证一动不动。"华佗于是伸手下刀，在关羽的伤臂上割开一个大口子。关羽纹丝不动，就像那刀不是割在他身上一样。华佗见关羽果然非比寻常，放下心来，执刀的手不再拘束。沿着刀口，华佗划开关羽臂上的肌肉，鲜血如泉涌一般，直往下淌，不一会儿就淌满了整整一大盆。划开皮肉，深入骨头，只见骨头上已蒙了一层青紫色，那是箭毒在作怪。华佗紧握尖刀，在臂骨上来回刮起来。

随着华佗手腕的移动，一种从来没听过的声音传入大家的耳朵里，那是尖刀在骨头上刮动的声音。这声音是那么尖锐刺耳，帐内帐外的将领、谋士听了，一个个觉得全身发麻，心惊胆战，许多人都转过脸去，不敢再看。可关羽就像什么事也没发生似的，照常喝酒吃肉，谈笑下棋。关平、王甫等人站在一旁，不禁看呆了，心里充满了对关羽的敬佩与爱戴。过了一会儿，华佗刮尽箭毒，敷上药膏，再用线缝好伤口，不禁脱口赞道："我行医多年，从未见过关将军这样能忍得住疼痛的。关将军真是神人！"

关羽站起身，伸伸右臂，高兴得大笑起来，对着众多将领大声说道："这只手臂已能照常活动了，而且一点也不痛了。人称神医华佗，实是名不虚传，名不虚传！"关羽又转过身，对着华佗拱手致谢，说："救臂之恩，关某感激不尽。"于是命随从重设宴席，再敬华佗。关平等一班将领见关羽伤臂即将痊愈，自然高兴万分，感激不尽，都来向关羽、华佗敬酒，表示他们祝愿和感激的心情。顿时，中军帐里热闹非凡，充满了欢快的笑声，多日沉闷的气氛一扫而空。

华佗推辞不过，接连饮了不少酒，看着关羽等这一批忠义、豪爽之人，他的情绪也受到了感染。最后，华佗站起身，举起酒杯，回敬关羽一杯，然后叮嘱道："将军对于箭伤，还须小心调养，万万不可动怒。如能做到，要不了三个月，就会康复如初。"关羽知华佗要走，一边答应，一边命随从呈上黄金百两，送给华佗作为酬谢。华佗摇手拒绝："我是因为关将军乃是天下忠义之

士，才特地赶来医治的，哪里用得着赏我黄金！"说什么也不肯收下，只留下一帖药以敷伤口，就告辞出帐。关平奉父亲之命，一直送华佗到江边，看他上船，才返回寨中。

关羽擒了于禁、斩了庞德，威名大震，遐迩（xiá ěr，远近）皆知。曹操得报，不禁大吃一惊，便召集文武大臣商议对策。司马懿进言："如今刘备与孙权，表面上看是亲戚，其实早已疏远结仇。关羽获胜得志，孙权心里肯定不会高兴。可派一使者去东吴，向孙权陈说其中利害，令他悄悄起兵，去攻关羽背后，叫关羽首尾不能相顾，樊城之围自可解除。"曹操点头称是，说："除了派人出使东吴，还得派一员大将去挡住关羽。"话音刚落，徐晃一步跨出队列，高声叫道："徐某愿去！"曹操拨了五万精兵，令徐晃为主将，吕建为副将，即日起程，去战关羽。

再说东吴孙权，听了曹操使者要他去攻打关羽背后、夺取荆州的一番话，觉得有理，于是也召文臣武将一起商议。大家刚刚到齐，随从禀报，说镇守陆口的大将吕蒙回来了，有要事面呈吴侯。孙权连忙召见吕蒙，问他何事，吕蒙禀告："如今关羽领兵远征襄阳、樊城，得了些胜利，就妄自尊大起来，以为天下无敌了。我想趁关羽远征之机，去袭取荆州，取了荆州，关羽无路可退，则一战便可活捉。若不取荆州，日后必成为我东吴心头大患。愿主公明察。"孙权闻言大喜，说道："君之所言，正中我的心意。那关羽自恃（过分自信而骄傲自满；自负）武艺高强，向来不把人放在眼里，这次一定要灭灭他的威风，快把荆州从关羽手中夺回来。"吕蒙得令，于是辞别孙权，回到陆口。

关羽箭伤一天天好转，便踌躇满志，满以为不日即可攻下樊城，然后乘胜前进，夺取更多的城池。他哪里知道，一场灾难正悄悄降临到他的头上。

大意失荆州，悔之晚矣

· · · ·

关羽的箭伤，经神医华佗医治之后，已一日好似一日。由于华佗临走前交代，还须三个月才能完全康复，所以关羽心里尽管有些急，也只得听从神医嘱咐，安心养伤，按兵不动。

一日，哨兵忽然走进帐来："报告将军，东吴使者求见！"关羽心中不免有些纳闷："东吴派使者来此有什么事？"口中随即命令道："请他进来。"只见东吴使者匆匆走了进来，态度十分恭敬地说："我受陆口守将陆逊的派遣，特来拜见关将军。"关羽问道："镇守陆口的大将不是吕蒙吗？怎么换成陆逊？"来使答道："关将军有所不知。吕将军得了重病，被吴侯召回调养。最近命陆逊为将，代替吕将军镇守陆口。""陆逊是什么人？"关羽不屑一顾地说："孙权的见识真是短浅，怎么能用这样的文弱书生做将军呢？我荆州本来就稳得如泰山，如今就更没有什么可担忧的了！"来使见关羽气宇轩昂、傲气十足的样子，装作十分害怕，赶忙拜倒在地，战战兢兢地说："陆将军自知不是关将军的对手，今天特地备了厚礼，呈上书信，一是祝贺关将军出师连连告捷，二是希望与将军结为友好，互不侵犯。敬请将军笑纳。"说着，掏出书信，双手举过头顶，恭恭敬敬地呈到关羽面前。

关羽接过书信看了起来。陆逊在信中先写了很多颂扬关羽的话，然后写了些鄙视自己的话，最后署下日期为：建安二十四年（公元 219 年）秋九月。关羽看得眉飞色舞，高兴地仰起头，哈哈大笑起来，便命左右将礼物收下，好好款待使者。

等东吴使者一走，关羽立即发出命令，调驻守荆州的兵马赶到樊城集合，准备全力围攻樊城。关羽以为，东吴大将吕蒙因病免职，其他的人就没什么了不起的，都不过是些无名鼠辈。其实，吕蒙并没得什么病，他是见关羽对荆州已有所准备，沿江建造了许多烽火台，不像他原来设想的那样轻而易举就能攻取荆州，于是诈病在家，在吴侯面前推荐了年轻有为、胸怀大略的陆逊代替自己的职位。而陆逊一上任，就给关羽修书送礼，显得十分恭顺、敬畏，意在使对方轻视自己，然后趁敌不备，从中取利。

王甫虽然没看透东吴这葫芦里卖的是什么药，但他凭着直觉，隐隐约约感到并不那么简单，觉得把兵马全都调出来，只留下那么少的人手来守荆州，而把希望都寄托在烽火台上，总有些不妥，于是再向关羽劝道："关将军，荆州守军还是不动为好。万一东吴趁我城中空虚，夺了荆州，我们就没退路了。"关羽不以为然，十分自信，说："你不必多虑。东吴一旦动兵，烽火台就会把信号传来。我就立即率大军前去阻截，他们的诡计是不会得逞的。"王甫见关羽趾高气扬，自高自大，根本看不起东吴人马，内心的担忧就更重了，还想再劝，岂料关羽挥挥手，不容置辩地说："不要再废话了。我的命令已经传出，荆州兵马很快就会来到。等攻下樊城，再回防不迟。"王甫无可奈何，暗暗叹气，闷闷不乐地退出帐来。

却说东吴使者回报陆逊，说关羽十分得意，根本不再担心东吴能攻荆州了。陆逊见预期目的已经达到，心中暗暗高兴。过了几天，他又派密探前往荆州打听消息，得知荆州守兵果然被关羽调往樊城了。陆逊打听清楚，随即派人把这消息禀告吴侯，并说攻取荆州的时机已经成熟。孙权得报，连忙召来吕蒙，下令道："现在我封你为大都督，总领江东兵马，设计夺取荆州。"吕蒙拜谢上任，立即调遣三万兵马，安排八十余只快船，让那些识水性会游泳的兵士全都穿上白衣服，装扮成商人模样，待在船板上，却把精兵都藏在船舱里。然后，又调了韩当等一批大将，跟在这些船队后面依次进发。安排完毕，吕蒙又禀告孙权，应该立即派使者赶往许都，叫曹操发兵袭击关羽背后。孙权依谏，立即安排使者前往许都。

吕蒙见一切都已然就绪，便通知陆逊，让他做好准备。然后命十余只快船先一步出发，日夜兼程，抵达北岸。江边烽火台上的守卒询问，东吴士卒掩饰道："我们都是商人，因江中风大受阻，只好在这里避一避，歇息一晚就走。"烽火台上的守卒见他们都是商人打扮，而且见那些船吃水很深，像是载了许多货物的样子，就信了他们，也不上船检查。船只停泊之后，东吴士卒拿出绫罗绸缎送给关羽士兵，又拿出酒菜，请他们一起吃喝，显得非常亲热。这些驻守烽火台的士卒本就无事可做，十分寂寞，难得有人送吃送喝，还得了许多东西，心情自是痛快，一个个喝得酩酊大醉，倒头呼呼大睡起来。东吴士卒回到船中，熄了灯火，也装作睡觉的样子，其实全都没睡，而在悄悄地等待。

等到半夜三更，烽火台上的守卒全都睡熟了，站岗的哨兵也疲倦打瞌睡了，东吴士兵这才悄悄走出船舱，轻手轻脚地摸到烽火台上，把那些守卒一个个全都捆了起来。守卒们从梦中惊醒，根本无法挣扎，全部乖乖做了俘虏。东吴士卒得手，赶快发暗号，八十多条快船的精兵上岸，趁着夜深人静，把一些主要路口的烽火台都给拔了，台上的守卒全都稀里糊涂地被押到了东吴的船上，一个也没伤害。烽火台上的守将见吕蒙对他们十分友好，就在前面引路，连夜来到荆州城下，大声喊叫城上开门。等荆州守卒发现情况不对，吊桥已经拉不起来了。城内的士兵寥寥无几，哪里挡得住东吴精兵，只好束手就擒。荆州就这样轻轻松松被东吴夺去了。

罚守公安的傅士仁与罚守南郡的糜芳见大势已去，又对关羽抱有不满和怨恨，于是双双献城，降了东吴。这样一来，荆州的大部分土地都落入了东吴手里，关羽已经没有退路了。

再说徐晃领兵救樊城，因等待东吴方面的消息，一直按兵不动。这一日，曹操来使，说东吴已取荆州，命徐晃火速进兵，急攻关羽。徐晃打听到关平、廖化二人率兵驻扎在樊城周边的郾城一带，就命副将徐商、吕建假冒自己旗号，从正面去攻打关平，他自己则带了五百名精兵，走小路，抄到关平营寨的背后，前后夹击。关平引兵交战，中了徐晃诱敌之计，失去了郾城一带的营寨，只好与廖化拼死奋战，夺条逃路，奔回关羽大寨。

关羽一直留在大寨养息箭伤，见关平、廖化狼狈逃回，便斥责道："无用的东西！樊城攻不下，倒把自己的窝都弄丢了！"关平显得既惭愧又委屈，小声应道："儿子无能，请父亲原谅！"停了停，关平又壮着胆子接着说："军中传言纷纷，说荆州已被东吴夺去，我们没有退路了，弄得人心惶惶，无心应战。"关羽一听，暴跳如雷，怒气冲冲地呵斥道："这是危言耸听，乱我军心的诡计，怎么能相信呢？吕蒙病危去职，文弱书生陆逊代他领兵，根本就用不着担心！"正说着，忽报徐晃领兵前来挑战。关羽忽地站起来，命道："快备马来！"关平连忙劝阻："父亲箭伤尚未好透，不能上阵，还是让孩儿去迎敌吧。"关羽一怒未息一怒又起，喝道："徐晃同我是老朋友了，他知道我的本事。如果他不知趣退兵，我便斩了他，警告警告曹操将士，看他们谁还敢来！你不要再劝我惹我！"其他谋士也都劝关羽不要上阵，可关羽怎么能忍得住！

关羽戴盔披甲，提刀上马，率先冲出寨门。他高坐在赤兔马上，长髯飘飘，实在是威风凛凛，神采飞扬，曹操士兵见了，没有哪一个不惊奇、不敬佩，没有哪一个不露出慌张害怕的神情。关羽纵马走出阵前，傲气十足地问道："徐公明在哪里啊？"徐晃拍马，走出阵来，显得十分谦恭和感叹无限，说道："自别将军，转眼已经很多年过去了，想不到将军已白发苍苍，蓦然年老了。回想起壮年时跟随将军，有事得到将军的诸多教诲，在下实在是感激不尽啊！将军的英名震动了华夏大地，天下人没有谁不羡慕不佩服！今日有幸再见将军，在下不胜高兴！"关羽接口回道："是啊，我与公明的交情很深，不是一般人好比的，既然如此，为什么要为难我的儿子呢？"徐晃操起兵器，回头对手下将领大声喊道："谁能擒得关羽，重赏千金！"关羽惊讶不已，忙问："公明为什么说出这样有伤情分的话？"徐晃大声回道："起兵伐你，是国家大事，并不是能讲个人交情的。"说罢，一拍坐骑，挥动大斧，就向关羽冲来。关羽不禁勃然大怒，挥舞着青龙大刀，纵刀迎上前去。两人接住，你刀我斧，在阵前奋力厮杀起来。战马奔腾，掀起灰土，把两人笼罩在团团尘雾之中。

关羽使刀，疾如雷电，徐晃用斧，凶狠无比。双方刀来斧往，你砍我劈，互不相让，一口气就战了八十多个回合。渐渐地，关羽有些力不从心，只能招架不能出击，开始落下风了。这并不是关羽武艺不如徐晃，而是因为右臂的伤口一用力气又迸裂开来，疼痛无比，难以用上力气。关平远远看见，十分着急，连忙鸣金收军。

关羽到了这时，也逞不得英雄，只好拨马逃回寨中。刚刚坐定，便听到寨外杀声震天，寨内一片惊叫喧闹。原来曹仁见曹操援兵来到，就率军杀出城来，正赶上徐晃杀退关羽，乘胜掩杀，于是兵合一处，猛攻关羽营寨。关羽士卒抵挡不住，慌忙报与关羽。关羽知道营寨难守，只好提刀上马，率领将士杀出寨来，急忙朝襄江奔逃。徐晃、曹仁领兵追击，不少士兵被赶得无路可走，纷纷倒地而死。

关羽等将领率着残兵，慌忙渡过襄江，稍微整顿一番，便动身投往襄阳。走了一个多时辰，忽然一匹快马奔到跟前，马上的哨卒滚鞍下马，气喘吁吁地报告："将军，荆州已被吕蒙占领了，家属们全都被看押起来。"关羽一听，头脑嗡的一声，顿觉天旋地转，懊悔不迭，心里暗暗叫苦。关羽振作精神，心想，失去了荆州，还有其他城池，可暂作休息修整，然后再夺回荆州。于是命道："改道去公安。"将士们得令，就一起调转方向，往公安走了一会儿，又见哨卒来报："将军，公安傅士仁献城降了东吴了！"关羽听说傅士仁变节投降，怒不可遏，破口大骂："无耻小儿，竟敢背叛我，待我抓住你，将你碎尸万段！"正骂着，前往南郡催粮的使者又来报告："南郡糜芳被傅士仁说通，也降东吴了。"关羽听说荆州、公安、南郡全失去了，怒气与懊悔一起涌上心头，再也忍耐不住，大叫一声就昏了过去，往后一倒，跌下马来。关平、王甫、廖化等人慌忙下马，来扶关羽。只见关羽两眼紧闭，脸色苍白，呼吸急促，不省人事。大家七手八脚，喂水掐人中，用针刺指尖，才把关羽救醒。

关羽吃力地睁开眼睛，显得非常疲惫，一副身心交瘁的样子。他呆呆地看着伏在自己身边的王甫，想起王甫对自己的几次劝告，不禁懊悔至极，就像无数根银针插在心头，绞痛无比。关羽慢慢抬起手，握住王甫手掌，伤心地说："我好懊悔呀，当初为什么不听你的忠告呢？今天果然陷入了这般困境。"他喘了口气，像是想起什么，问道："江边的烽火台为什么没有举发信号呢？"有知情的人忙禀告道："吕蒙让水手扮作客商，却把精兵藏在船舱里，然后趁夜晚不备，活捉了守台士卒。因此不能点火发信号。"关羽捶胸跺脚，又气又悔，叹息道："我中了东吴小子的计谋了！我还有什么脸去见我兄长啊！"说到这里，关羽再也忍不住了，失声哽咽起来，泪水如泉涌一般，顺着脸颊往下淌。将士们整日奔波，心情紧张，又饿又累，从来没这般狼狈过，看见关羽昏倒又伤心落泪，一个个也都忍不住抽泣起来，顿时一片哀声，军营笼罩在无限的悲凉之中。都督赵累忍住悲痛，向关羽建议："如今我们的处境已非常危险了。将军可一边派人去成都求救，一边从旱路去夺荆州。"

关羽没有其他更好的办法，只好听从赵累的建议，立即派马良、伊籍为使，赶往成都向刘备求援。关羽喘了口气，打起精神，取道奔往荆州，他心中暗暗发誓：一定要夺回荆州！

血战到底，誓不投降

········

　　关羽大意轻敌，丢了荆州，心中又气又悔，便率兵去夺荆州。走着走着，关羽感到一种前所未有的困倦与疲惫袭上全身，他情绪不安，攻取荆州的决心也开始动摇，就犹犹豫豫地对赵累说："现在前有东吴兵马，后有曹操将士，我夹在中间，又没有援军来到，形势实在是窘迫，怎么办才好呢？"赵累想了想，回道："过去吕蒙驻陆口时，经常给关将军写信结为同盟好友，共同对付曹贼；今天他却与曹操暗中来往，完全背弃过去的诺言。将军不妨先将兵马屯扎在这里，休息休息，而派人带上将军的书信，去质问责备吕蒙，看他如何回答。"关羽依其所言，就在原地扎下营寨，然后写了一封信，派人赶往荆州，去见吕蒙。

　　过了几天，使者从荆州回来。关羽一见，连忙询问，使者回道："吕蒙并不理睬将军的责怪。他说从前与将军结盟交好，只是个人的情分；今天袭取荆州，是上命差遣，由不得自己。另外，吕将军占了荆州，对百姓秋毫无犯，对将军的内眷及众将家属更是照顾周到，供吃供用，什么也不缺，请将军不必惦念。"关羽怒火中烧，斥责道："这是吕蒙的诡计，你怎么也帮他说话！我恨不得生吃他的肉，才能解我心头之恨！"使者连忙退出帐来，心中却是不服。众多将士见使者出帐，忙都围了上去，询问荆州家中情况。使者告诉大家，说吕蒙对各位将士家属十分优待，用不着挂念，然后，又拿出许多家属捎来的书信，大家看了，知道家中确实平安无事，因此欢喜过望，不想再战。

关羽见责问起不了效果，想想兄长把荆州托付给他，如今却已丢失，哪里还耐得住性子，第二天便率军向荆州进发。可是军心已变，不少将士在半路上悄悄抛下盔甲，逃回荆州去了。关羽得知，更是怒火冲天，越加痛恨吕蒙，于是催促兵马加速前进。突然一阵呐喊，东吴大将蒋钦领着一支人马拦住去路，口中大喊："关羽，你已走投无路了，为什么还不快快投降？"关羽大骂："我是堂堂汉将，怎会向你这些鼠辈投降！"骂声未绝，赤兔马已冲到蒋钦面前，关羽抢起大刀就砍。蒋钦哪是关羽对手，战不到三个回合，便大败而逃。关羽大刀一挥，将士们紧紧跟上，足足追了二十多里。突然又是一阵喊声，左边山谷冲出了一支人马，为首大将是韩当，拦住关羽，猛杀一阵。刚刚战退，又有一阵喊杀声冲天而起，从右边山谷中涌出大将周泰率领的一支人马。蒋钦、韩当领兵重新杀回。三支人马合在一处，一起来战关羽。关羽这才知道中了东吴的诱敌之计，连忙拨转马头，边战边退。退了几里，只见南面山岗上白旗招展，上面写着"荆州土人"四个字，东吴士卒齐声喊叫："本地人快来投降！本地人快来投降！"叫得人心惶惶，根本没有心思再去拼杀，只因惧怕关羽，才不敢跑去投降。关羽被喊声搅得怒气冲天，就拍马舞刀冲向山岗，要去杀散那些东吴士卒。突然，两支人马从白旗两边杀出来，挡住关羽去路。为首两员大将，左边是丁奉，右边是徐盛，居高临下，将关羽逼下山来。前后一共五路人马五员大将，将关羽围在中间，轮番厮杀。关羽抖擞精神，重振虎威，挡住五员大将一次又一次的进攻。身边的将士死的死，伤的伤，逃的逃，已是越来越少。天色慢慢昏暗下来，东吴军马停止进攻，却占住了出口要道，围得水泄不通。到了晚上，四面山上的荆州籍士兵大声呼喊，有父母呼喊儿子的，有儿子呼喊父亲的，还有呼喊哥哥弟弟的，接连不断，此起彼伏。许多士卒听到喊声，就趁着夜色，悄悄逃跑了。关羽又气又恼，大声喝止，可一点也不管用。留在关羽身边的士卒只剩下三百多人。关羽无计可施，干脆坐在地上，不再白费精神。一天的激战，使关羽疲惫不堪，听着四面的喊声，更增添了心中的懊恼与后悔，他不知明天该如何冲出这重重包围。挨了不久，关羽便累得打起瞌睡来。也不知过了多长时间，正东方传来了阵阵喊声，原来是关平、廖化率兵分两路杀入重围，来救关羽。关羽从半睡中惊醒，忙提刀上马，在关平、廖化的掩护下，终于冲出了东吴兵马的包围。

虽是脱离了包围，解除了暂时的危险，但下一步该如何走呢？关羽的心情乱极了，又加上饿累交加，头脑也迟钝起来。关平见父亲失了主张，便提议："军中议论纷纷，人心不稳，一定要找座城池暂且驻扎下来，等待救兵前来，再做打算。"关羽想不出还有什么办法，只好点头。一打听，附近有座城池叫麦城（今湖北当阳东南），于是催促士卒赶往那里。进了麦城，有了落脚之地，关羽的情绪才稍微好转一些，便分拨人马把守四面城门，然后召集谋士将领商议对策，如何摆脱目前的困境。大家的情绪都十分低落，闷闷地坐在那里，什么办法也想不出来。毕竟还是关平年轻，头脑灵活，当下说道："上庸（今湖北竹山西南）离这不远，有刘封、孟达率军驻守，可立即派人前往求救。如果能够得到他们的支援，就能支撑到川内救兵来到，军心自然就会安定下来。"正在商议，忽报东吴兵马已追了上来，将麦城四面八方的交通要道堵得严严实实，水泄不通。关羽回过头来，向一

起跟上城来的将领问道："谁敢前往上庸去搬救兵？"话音刚落，
廖化就大声应道："末将愿去！"关羽有些担心，说："只怕不能
冲出东吴的包围啊！"廖化胆气十足，回道："只要有血战到底、
誓死不归的决心，还有什么地方不能到达的？"关羽见有这样忠
心耿耿的部将，心中宽慰许多，立即写好书信，让廖化饱餐一
顿，又命关平护送廖化一程。二人冲出城去，奋力拼杀，打破敌
兵重围，廖化径直奔往上庸。关平又杀回城中，自此坚守不出。

廖化冲出重围，火烧火燎地赶到上庸。一见刘封、孟达，顾
不上歇口气，恳求道："关将军兵败，如今被吴兵困在麦城，进
退不能，情况万分危急。请求两位将军立即调动上庸兵马，去解
麦城之围，否则，稍一迟缓，关将军就没命了。"说着，已泣不
成声。刘封准备答应，忽见孟达对自己不停地使眼色，就改口
道："将军暂且歇息一晚，请让我考虑考虑。"廖化哪里歇得住，
可是现在有求于人，有什么办法呢？只好再拜一声，告辞出来。

廖化一走，刘封便问孟达："将军刚才对我使眼色，不知是
什么意思？"孟达并不直接回答，却绕着弯说："荆州所属九郡
都被东吴夺去，只剩下麦城一个小小的地方；又听说曹操亲率
四五十万大军，也已逼近了江汉之地，势不可当。量我们这座山
城的一点微不足道的人马，想要去迎战两家的精兵强将，无疑是
以卵击石，驱羊喂虎啊！"刘封应道："这些情况我当然也清楚，
无奈关公是我的叔父，我怎么忍心坐视不救呢？"孟达冷笑一
声，挑拨道："公子把关公看成叔叔，可关公却把公子看得如草
芥一般。汉中王登位时，想要确定一个继承人，便问孔明，孔明
说应该问关羽、张飞。大王于是派人送信来问关公。关公一看来
信，便怒气冲冲地说：'这种事何必还要来问我？自古以来的常
规，都是只立正妻所生的儿子，而不立偏房所生的儿子，何况刘
封只是收养的义子！不如把刘封弄得远远的，免得将来害了亲生

骨肉。'由此可以看出，关羽是何等鄙视公子。这事大家都知道，不是什么秘密，公子为什么还要隐瞒呢？"刘封被他说动了心，就问道："将军说得确实不错，只是我怎么回却他呢？"孟达早有打算，张口应道："这事容易，就说此山城刚刚归附，民心不稳，不敢随便动兵，否则丢了城池不好向汉中王交代。"刘封点头称是。

第二天一早，廖化便来府中询问结果。刘封装作为难的样子，把孟达教他的话复述一遍，廖化见刘封不肯去解救关羽，惊讶不已，慌忙跪倒在地，朝着刘封、孟达连连磕头，顿时前额鲜血直流，在地面上留下斑斑血印。廖化泪如泉涌，一边磕着头，一边苦苦哀求道："望两位将军发点慈悲，否则，关将军真的没命啦！"刘封丝毫不为廖化的血泪恳求所动，断然拒绝："杯水车薪，我有什么办法！你还是快回去想其他路子吧，不要自己耽误了。"廖化见哀求无用，便愤然而起，破口大骂："你们这些无情无义、狼心狗肺的东西！有朝一日，再来跟你们算账！"边骂边急忙跑了出去，提刀上马冲出城来。廖化思索一番，知道孤身回去毫无用处，只好纵马奔往成都，向汉中王讨救兵去了。

却说关羽困在麦城之中，无时无刻不在盼望上庸救兵，可是一天天过去了，仍然看不到丝毫的动静。东吴兵马不时攻城，将士的伤亡越来越大，最后只剩下五百多人，而且多半有伤。城中的粮食也吃完了，大家只好用树皮树叶充饥，凄凉、苦楚无法用语言来表达。关羽一筹莫展，愁眉紧锁，就与赵累商议："情形如此危急，该怎么办啊？"赵累回道："别无他法，只好坚守，等待援兵。"正在商议，忽报城外有人要见将军。关羽命哨卒放他进来。

过了一会儿，那人来到厅中。关羽一看，原来是诸葛瑾，便不失风度地向他致礼问候。只听诸葛瑾慢条斯理地说："今天我是奉了吴侯之命，特来劝告将军的。俗话说，人生在世，必须看清形势时局。以如今的时局来说，将军所管辖的江汉九郡，都已归了吴、魏，落得个困守孤城的地步，内无粮草，外无援兵，实在是危在旦夕。愿将军听我劝告，归顺东吴，还可以重新坐镇荆、襄之地，既可保全家眷，又可光宗耀祖（指为宗族、祖先增添光彩），何乐而不为呢？"关羽听诸葛瑾劝他投降，就把面色一沉，义正词严地回道："我不过是解良的一个武夫，有幸被我主视为兄弟手足，我怎会背信弃义，变节投敌？我兵败至此，城破之日就是我断头之时，又有什么好害怕的！我也听说过一句俗语：美玉虽能被打碎，但绝改变不了它洁白晶莹的品质；竹子就是被火烧了，它的骨节却依然存在！大丈夫顶天立地，死不足惜，他的英名会世世代代流传下去，为后人所颂扬！你不要再多说了，快快出城吧。我誓与孙权决一死战！"诸葛瑾仍然劝道："吴侯是想和将军结为儿女亲家，合力破曹，共扶汉室，并没有其他的心思。将军为何这般执迷不悟？"关羽不等他说完，就大声喝道："来人！将他赶出城去！"诸葛瑾讨了个没趣，满面羞愧，连忙出了麦城。

看着诸葛瑾狼狈离去的背影，关羽又是好气又是好笑，更坚定了自己血战到底的决心。

忠心昭日月，千秋仰义名

····

　　又过了一两天，困在麦城的关羽仍见不到救兵的踪影，而手下士兵的死亡却一天天增加，还有不少越城逃跑的。点一点，只剩下马步军三百余人。关羽焦急万分，后悔不已，对王甫自责道："当初我不听你的劝告，才落到今天这步田地。我真是好悔好恨啊！"说着，低垂着头，一副凄楚难过的样子，再也说不出话来。王甫看着威风一世、受人敬仰的英雄落入这般困境，心中犹如刀绞，那泪水就像断了线的珍珠，直往下掉。沉默半晌，关羽抬头看着王甫，询问道："看看有什么办法，才能摆脱目前的危险？"王甫流着泪，无可奈何地说："今天的事情，就是姜子牙出世，也没办法好想了。"赵累忍住悲伤，说道："上庸救兵到现在还不来，肯定是刘封、孟达不肯发兵来救。我们指望不上他们了，不如放弃这座孤城，撤回西川，待以后再来收复江汉之地。"关羽叹了一口气，应道："想来也只能如此了。"

　　于是关羽站起身，同众将一起上城察看。只见东、南、西三处城门都有重兵堵住，唯有北门兵力较少，而且队伍零落杂乱。关羽看了一番，问道："从北门出去，再往前走，地形道路怎么样？"有知情的人回道："从北门出去后尽是山僻小路，由小路可直通西川境内。"关羽下了决心，说道："今夜我们就从这条路撤向西川。"王甫想了想，很不放心，就劝道："要走不如走大道，小路上恐怕有埋伏。"关羽的傲性与自以为是的习性又自然而然地冒出来，气昂昂地说："即使有埋伏，我也不怕！就走小路！"随即下令，命令将士们整顿行装，准备晚上出城。

这天傍晚，突然下起大雪。北风呼啸，雪花飞舞，一片天寒地冻。不到一个时辰，已是白茫茫一片。将士们都做好准备，在大厅前排好队，等候关将军到来。关羽披挂停当，慢慢走出大厅，心情十分沉重。他在台阶上站住，面对眼前这些与他出生入死、转战南北的将士，心头忍不住又是一阵难过和后悔。只是由于自己的大意轻敌，才导致今天这样的结果，真对不起这些可爱的将士啊！一定要把他们带出去，让他们与自己的亲人团聚。想到这里，关羽举起右手，正要命令部队出发，只见王甫走上前来，拱手恳求道："将军，请允许我率本部一百余人留下来，誓死守住此城。一来可牵制一些东吴兵马，替将军突围提供点帮助；二来绝不能把这些城池白白送给东吴。"一边说，一边痛哭起来，"还望将军一路小心，多多保重！我们守在这里，还一心盼望着将军快点回来解救啊！"关羽连忙走下台阶，紧紧握住王甫的双手，热泪夺眶而出，难过得一句话也说不出来。

停了一会儿，关羽忍住悲痛，命令道："周仓，你也留下来，好助王司马一臂之力吧！"周仓一听，急忙跪倒在地，哭着哀求道："将军，还是让我留在你的身边，好继续照顾你呀！"关羽扑通一声，也跪倒在地，紧紧抱住周仓的双肩，百感交集地叫了一声："我的好兄弟！"周仓像个孩子似的，扑在关羽怀里，已是泣不成声。两个人都热泪滚滚，紧紧地搂在一起，久久不忍分离。是啊，今天的分离，很可能就是生离死别了。相处多年、形影不离的战友，怎么舍得分手呢？将士们见了这番感人的情景，都忍不住掉下泪来。顿时，雪地里一片抽泣声，人人的头上身上都覆盖了一层厚厚的冰雪，更增添了这分别场面的悲壮气氛。

王甫见时间不早了，就催促道："将军，快上马走吧！"关羽松开双手，站起身来，从周仓手里接过大刀，一纵上马，下令道："出发！"随即一马当先，头也不回地冲出城去。王甫和周仓边哭边喊："将军，多多保重！早点回来！"

关羽领着三百多名残兵杀出城来，将领只有儿子关平和都督赵累两个。东吴士兵一见关羽杀出，慌忙四下逃散，并不阻挡。关羽于是提刀纵马，朝着北方急急赶路。大约走出三十里，前面山坳里突然喊声大震，锣鼓轰然作响，冲出一支人马。为首大将朱然跃马挺枪，大叫："关羽别跑！快快下马投降！"关羽什么时候听过这般话语，气得火冒三丈，纵马舞刀直取朱然。朱然自知不是关羽对手，斗了几个回合，就拍马逃去。关羽乘势冲杀，走了不多远，又是一阵锣响，四面草丛中冒出了许多东吴伏兵，挺枪挥矛来刺关羽。关羽不敢恋战，忙拍马朝临沮（今湖北远安西北）小路奔去。朱然于是掉转马头，随后紧追不舍，挥兵掩杀。关羽的士卒死伤不少，跟在身边的人已寥寥无几。关羽看在眼里，悲在心中，只好匆匆赶路。才不过四五里路，前面路上突然火光冲天，喊声又起，只见大将潘璋拍马挥刀杀过来。关羽大骂道："东吴鼠辈，欺我太甚！"怒气冲冲地抡起大刀迎上前去。一来一往，几个回合，就把潘璋杀得大败而逃。关羽心想：要是在平日，非把这家伙劈下马来不可，可是现在这局面，还是赶快离开为好。于是关羽不敢多战，急忙取道加速赶路。走了不久，关平从背后赶了上来，报告关羽："父亲，都督赵累被乱军

刺死了。"关羽听了，不禁掉下泪来，心情更是悲伤沉重，于是命道："平儿，你断后，我在前面开路！"

关羽忍住悲痛，抖擞精神，走在最前面，不时挥舞大刀，披荆斩棘，奋然开路。随行的士卒只剩十几个人，个个衣衫不整，疲惫不堪，神色慌张，显得十分狼狈。这时已是五更时分，一夜的激战奔波，关羽也感到十分疲倦。他仍努力坚持，马不停蹄，继续赶路，来到一个名叫决口的地方。那地方两边尽是山峰，山边上杂草芦苇，又深又密，根本看不清道路。山风渐渐吹来，杂草芦苇摇摇晃晃，瑟瑟作响，煞是凄凉怕人。关羽心想，要是这里埋有伏兵，突然袭击，赤兔马纵不开四蹄，他关羽也就没了用武之地。可是已经没有退路了，容不得他犹豫彷徨。关羽振作精神，握紧青龙大刀，昂然前进。

突然，赤兔马往前一跪，将关羽掀下马来。接着，芦苇丛中喊声四起，两边杂草里涌出几十伏兵。他们用长钩、绊马索绊倒了马匹，掀翻了关羽，就一起冲上前来，七手八脚把关羽紧紧按住。关羽翻身落马，跌得头晕目眩，刚刚清醒过来，已被伏兵按住，动弹不得。虽是尽力挣扎，无奈人多力量大，再也挣不开身去。潘璋部将马忠走上前来，丝毫不敢大意，忙用绳子把关羽捆了个结结实实。

关平在后，知道父亲被擒，心急如焚，急忙纵马来救。草丛中跑出许多伏兵，用的都是长枪长矛，挡住关平去路。背后潘璋、朱然领兵又追了上来，把关平团团围住。关平奋力拼杀，毕竟寡不敌众，无法取胜。最后，杀得关平精疲力竭，跌下马来，也被吴兵活捉了。

这时，孙权已随后军来到了阵前，听说活捉了关羽父子，大喜过望，连忙召集众将，升帐议事，一边命士卒将关羽父子押上帐来。

关羽昂首挺胸，在一群东吴士兵的簇拥下，大步走进孙权帐内，他傲然站在营帐中间，凤眼圆睁，就像要冒出火来，紧紧盯着孙权。孙权被关羽盯得心惊肉跳，好不自在。过了一会儿，才强打起精神，说道："我敬慕将军的忠义大德已经很久了，想同将军结为儿女亲家，为什么看不起我而加以拒绝呢？平日将军自以为纵横天下，所向无敌，为什么今天被我活捉了？现在不得不服我孙某人了吧！"关羽火冒三丈大声骂道："蓝眼睛的臭小子，紫胡须的碌碌鼠辈！我与刘皇叔桃园结义，发誓一定要匡扶汉室江山，怎么能背叛大汉，与你们这些贼臣乱党为伍！如今我误中了你们的奸计，落到你的手上，大不了是个死字，有什么可害怕的，更用不着你再来多嘴多舌！"

孙权被关羽骂了个狗血喷头，心里十分气愤，却捺住性子，装出一副宽宏大量的样子，对众将说道："关羽是当世的英雄豪杰，我对他深感敬佩。我想对关羽待之以礼，劝他归降于我，各位以为怎么样？"有个名叫左咸的大臣说道："主公万万不可这样做。过去曹操收了关羽，视为贵宾对待，又是封侯，又是赐爵，三天一次小宴，五天一次大宴，动不动就是封金赏银，还把赤兔马送给他，可最后还是留不住，任他过关斩将，扬长而去，以至于曹操今天被他弄得惶惶不安，几次想迁都避开关羽的锋芒。显而易见，如果主公不除掉他，只会给将来留下后患。"这一席话，说得孙权连连点头。但他却有些矛盾：这样的大将，杀了实在可惜，可关羽又不会归顺自己。怎么办呢？孙权正在犹豫，关羽却高声大骂起来："江东鼠辈，要杀就杀，要砍就砍！我关云长这辈子，只跟定了刘皇叔，就是死也不会向你小子投降的！"边骂边挣扎向前，朝着孙权轻蔑地啐了一口。孙权再也沉不住气了，猛地站起来，下令道："推出去斩了！"

关羽根本用不着士兵来推他。他泰然自若地转过身去，昂着头，挺起胸，健步走出营帐。关平也学着父亲的样子，昂首阔步，毫不畏惧，凛然走向刑场。

关羽，这位威风一世、宁死不屈的英雄，就这样结束了自己的生命。时间为建安二十四年（公元219年）十二月。

关羽虽然死了，但是他的功绩，他的品格，他的忠肝义胆，他的超群武艺，却一直为人们所传颂，受到了后代千千万万人民的敬仰。

关羽是中华民族不朽的英雄和杰出代表。他的英名，将千秋万代，永远活在人们心里。

关羽

风云三国进阶攻略

 关于"过五关斩六将"的诗词

在《三国演义》中，最能表现关羽的赤胆忠心的，莫过于他千里走单骑，护送嫂子寻找刘备了。关羽归顺曹操后，却丝毫不为曹操的礼遇厚待所动，在得知刘备的消息之后，他毅然"封金挂印"，开始了千里寻主的漫漫长途。一路上过五关斩六将的艰辛曲折，险象环生，的确令人感动。后人不乏为文作诗来表现他的忠义的，尤其是有关"过五关斩六将"的诗词，特别令人动容。

挂印封金辞汉相，寻兄遥望远途还。
马骑赤兔行千里，刀偃青龙出五关。
忠义慨然冲宇宙，英雄从此震江山。
独行斩将应无敌，今古留题翰墨间。

关于关羽的歇后语

中国民间流传的歇后语，有许多都与《三国演义》中的人物有关，这其中当然少不了对这位红面关公的描述。

关羽放屁——不知脸红
关公吃酒——看不出来

关云长败走麦城——吃亏全在大意

关云长刮骨疗毒——全无痛苦之色

关公保刘备——赤胆忠心

关公进曹营——单刀直入

关公面前耍大刀——不自量力

关羽降曹操——身在曹营心在汉

关云长刮骨下棋——若无其事

关羽放曹操——念旧情

过五关斩六将——所向无敌

单刀赴会——声势压人

 ## 关羽被神化的过程

在关羽死后不久，民间就有了关羽显圣的传说，这在《三国演义》中也有描写。但是，关羽得到"官方"的认可并推崇却是在宋朝。宋代是一个民族矛盾非常尖锐的年代，北方少数民族建立的辽、金、元政权相继崛起，大举南侵，宋朝的皇帝要推举"榜样"，号召人民共赴国难。于是他们便选中了以忠侍主、以勇立功、以义待人的关羽，并对他加官晋爵，赠封谥号，如"忠惠公""武安王"等。元代，元文宗在关羽的谥号前加了"显灵"二字，使之具有了神灵色彩。朱元璋建立明朝后，又加封了"真君"二字，真正完成了关羽从人到神的转变。到了清朝末年，关羽的谥号越来越长，最多时竟达到二十六个字："忠义神武灵佑仁勇威显护国保民精诚绥靖翊赞宣德关圣大帝"。这种"待遇"恐怕是很多真正的皇帝也没有的吧。

关羽历朝封号

朝　代	年　份	封　号
东汉	献帝建安五年	授封汉寿亭侯
三国	建安二十四年	汉中王奏封为前将军、假节钺
三国	后主景耀三年	谥壮缪侯
北宋	徽宗崇宁元年	追谥忠惠公
北宋	徽宗大观二年	加封武安王
北宋	徽宗宣和五年	加封义勇二字
南宋	高宗建炎三年	封壮缪义勇武安王
南宋	孝宗淳熙十四年	加封英济二字
元	文宗天历元年	加封显灵义勇武安英济王
明	太祖洪武元年	恢复原封寿亭侯
明	神宗万历四十二年	加封三界伏魔大帝神威远镇天尊关圣帝君

续表

朝　代	年　份	封　号
明	思宗崇祯三年	加封真元显应昭明翼汉天尊
清	世祖顺治九年	敕封忠义神武关圣大帝
清	世宗雍正三年	加封山西关夫子
清	高宗乾隆三十三年	加封忠义神武灵佑关圣大帝
清	仁宗嘉庆十九年	加封仁勇二字
清	宣宗道光八年	加封忠义神武灵佑仁勇威显关圣大帝

🌀 关帝庙前的对联

　　在关羽被神化的过程中，祭祀他的庙宇也越来越多，全国各地，从通邑都市到穷乡僻壤，"关庙"无处不在，仅我国台湾地区就有近两百座。各地"关庙"前的对联也十分精彩。比如：

万古勋名垂竹帛，

千秋义勇壮山河；

心上有天悬日月，

目中无地著孙曹。

151

歌颂关羽的气概凛然，威震千古。

再如：

> 赤面秉赤心，
> 骑赤兔追风，
> 驰驱时无忘赤帝；
> 青灯观青史，
> 仗青龙偃月，
> 隐微处不愧青天。

这副封联，分别以赤、青两种颜色，概括了关羽一生的义勇、神威、气节、抱负，实在十分巧妙。

又如：

> 生蒲州，辅豫州，
> 保荆州，鼎峙西南，
> 掌底江山归统驭；
> 主玄德，友翼德，
> 仇孟德，威震华夏，
> 眼中汉贼最分明。

这副对子，嵌字其中，工整完备，又不失大气。关羽作为人时，总是有过错之处，但是，关羽变成神以后，他的缺点就不能让人随便瞎说了，请看这副超级长联为关羽所做的辩护：

识者观时，当西蜀未收，昭烈尚无寸土，操虽汉贼，犹是朝臣，至一十八骑走华容，势方穷促，而慨释非徒报德，只缘急大计而缓奸雄，千古有谁共白；

君子喻义，恨东吴割据，刘氏已失偏隅，权即人豪，讵应抗主，以八十一州称敌国，罪实难逃，而拒婚岂曰骄矜，明示绝强援而尊王室，寸心只可自知。

照对联的说法，关羽华容放曹，放得对！不是报私德，而是目光远大；关羽辱骂孙权来求婚的使者，骂得好！不是破坏联盟，而是大义凛然。这样绞尽脑汁为关羽辩护，只有读书人才想得出来。不过，这副对联仍是十分巧妙。在各地的关庙前，只要你细细寻找，还会发现很多像这样的对联。

🌀 关羽显圣的传说

《三国演义》中的关羽，在第七十六回败走麦城而死后，并没有立即从三国的舞台中退出，此后他还频频显圣。他先后追了吕蒙的性命，帮助关兴活捉潘璋。人死后还能显圣，当然事属虚

妄，但也不表明罗贯中是在瞎编，因为历史上有很多关羽显圣的传说。其中最有趣的是清代学者袁枚在《子不语》中记载的一则故事，说的是明朝末年，关庙为一个读书人批终身，说"官止都堂，寿止六十"，后来这人果然做到了都堂这一官。后来清朝易代后，此人投降，新朝也没再为他加官。后来他活到了八十多岁，于是他便去关庙前请教说："你批给我的官职已经应验了，但我的寿命却超过了六十岁，不知为什么？"结果，关帝在灰盘上大大地写了两行字："某平生以忠孝待人。甲申之变，汝自不死，与我何关？"此人屈指一算，明朝灭亡时，他正好六十岁。这个故事可以说是一个绝妙的讽刺小品，借关圣之口，骂尽了屈膝事敌、没有气节的投降者。

关羽降曹"约三事"了吗？

在《三国演义》中，有关羽"土山约三事"的著名情节，说的是曹操在徐州大败刘备，刘、关、张兄弟失散，关羽被围困在一座土山上，张辽前往劝降，关羽提出三个条件：第一，只降汉帝，不降曹操；第二，厚养甘、糜二夫人；第三，日后一旦得知刘备去向，便去投奔。不过，这些为关羽讳饰的情节却是虚构的。在《三国志》中，有三次都写到关羽的这次投降，可都没写他谈条件。在《三国志・蜀书・关羽传》中也曾提到关羽在降曹后思念故主，在得知刘备的下落后，立即弃曹投奔。但是，在关羽被神化以后，老百姓对关羽降曹的事实始终耿耿于怀，总想为关羽降曹找到最充分的理由，并要凸显关羽的大义凛然，因此才想出了"土山约三事"的情节。

关羽用的是什么兵器？

有一句俗话叫作"关公门前耍大刀"，意思是一个人自不量力，在行家面前显本事。但是，历史中的关羽从来就没有用过什么青龙偃月刀，从《三国志》的记载来看，关羽的兵器倒有可能和张飞的兵器一样，是矛。《关羽传》在记叙关羽杀颜良一战时说："（关）羽望见（颜）良麾盖，策马刺良于万众之中。"这里用的是一个"刺"字，而"刺"，一般就是用来说矛。再则，大刀中"偃月刀"这一种类兵器，三国时还并不存在，是在唐、宋时才出现的，它的刀刃部分是半月形，所以叫作偃月刀；偃月就是下弦月。这种刀，主要是用来操练，以示威武雄壮，并非实战所用。关云长再有本事，也不可能舞动起几百年以后才出现的偃月刀。

我们一起来讨论

1 你觉得在现代社会中，关羽式的"义"是否还有必要存在？

2 关羽在华容道上放走曹操，你觉得这样做对吗？

3 为什么老百姓会把关羽作为顶礼膜拜的神，而不是选择神化其他的三国将领？

4 除了"义"以外，你觉得关羽还具有哪些过人的特质？

5 你怎样理解关羽刚愎自用的缺点？